LE SEL DE LA BRETAGNE

Bernard BERROU • Gwenn-Aël BOLLORÉ •
Jean BOTHOREL • Georges-Olivier CHÂTEAUREYNAUD •
Philippe CHEVALLIER • Jean-Luc COATALEM •
Lorraine FOUCHET • Claire FOURIER •
Irène FRAIN • Daniel GÉLIN •
Xavier GRALL • Georges GUITTON •
Stéphane HOFFMANN • Stéphanie JANICOT •
Hervé JAOUEN • Jean-Paul KAUFFMANN •
Elisabeth LAUREAU-DAULL • Marie LE DRIAN •
Sébastien LE FOL • Marie LE GALL •
Gérard LE GOUIC • Philippe LE GUILLOU •
Charles LE QUINTREC • Patrick MAHÉ •
Jean MARKALE • Gilles MARTIN-CHAUFFIER •
Anthony PALOU • Jean PICOLLEC •
Patrick POIVRE D'ARVOR • Yann QUEFFÉLEC •
Yak RIVAIS • Gwenaële ROBERT •
Marie SIZUN • Cathy STEPHAN •
Alan STIVELL • Kenneth WHITE •

LE SEL
DE LA BRETAGNE

NOUVELLES

Les Presses de la Cité

MIXTE
Papier issu de sources responsables
FSC® C003309
FSC
www.fsc.org

L'éditeur de cet ouvrage s'engage dans une démarche de certification FSC® qui contribue à la préservation des forêts pour les générations futures.

Pour en savoir plus :
www.editis.com/engagement-rse/

ISBN 978-2-266-32725-1
Dépôt légal : avril 2022

Sommaire

Ce recueil de témoignages est une idée de Sofia Bengana, directrice des Presses de la Cité : demander aux lauréats du Prix Bretagne et aux membres du jury de raconter le souvenir qui explique, illustre, de façon emblématique, leur attachement indéfectible à la Bretagne. Un exercice difficile. Il oblige chacun à extraire et livrer, avec sincérité, une part de soi enfouie dans le tréfonds de sa mémoire. L'exercice est réussi. Les textes réunis nous offrent, à travers une riche variété de style, un tableau inattendu, original, de ce qu'il faut bien appeler « notre enracinement breton ». Une manière aussi de découvrir la singularité ici réjouissante, là mélancolique, toujours émouvante en sa nostalgie de chacun des auteurs. Sorte de « petite madeleine de Proust » des uns et des autres.

Le Prix Bretagne, créé en 1961, a fêté son soixantième anniversaire. Sa naissance correspond aux plus belles années des associations et cercles bretons de la région parisienne. Jean Marin, une des voix de Radio Londres pendant la guerre, patron de l'AFP, en présida longtemps le jury. Il était entouré d'écrivains au talent enviable : Hervé Bazin, Paul Guimard, Roger Nimier, Henri Queffélec, Gwenn-Aël Bolloré, Charles Le Quintrec, Jean Markale, Pierre-Jakez Hélias…

Aujourd'hui notre jury est présidé par l'écrivain Philippe Le Guillou. Et depuis plusieurs années Vincent Bolloré parraine et dote le Prix.

Nos lauréats passeront-ils à la postérité ? Plusieurs des auteurs qui figurent à notre palmarès nous semblent, d'ores et déjà, mériter une place au panthéon littéraire de la Bretagne.

Jean Bothorel

Bernard Berrou, né à Pont-l'Abbé, est romancier-voyageur et nouvelliste. Il partage son temps entre la Bretagne et l'Irlande. Il a reçu le Prix Bretagne 2018 pour l'ensemble de son œuvre et a publié *Belvédères* (Locus Solus, 2020).

Un vague remuement du ciel

Bernard BERROU

Les vacances de Pâques annonçaient la saison des peintres. Je devais avoir dans les six ans. J'en ai conservé des images lumineuses. Ils venaient nombreux, parfois par deux ou trois. Ils confluaient de localités lointaines, des noms baroques, étrangers, Grand-Couronne, Ivry-la-Bataille, Mamers, Vezin-le-Coquet… La Madeleine les attirait pour des raisons qui tenaient à la conformation archaïque de la campagne autour d'une chapelle du XVe. Le hameau était desservi par des chemins creux et une mauvaise vicinale empierrée. Vers le nord, au-delà des fougères, les premières dunes de la palud dépliaient une steppe ondulée, inculte, où les trembles se penchaient comme des drapeaux affolés. Et au premier plan, il fallait voir la terre ébène, grasse, fumante, que le cheval de Michel venait de retourner sous le ballet des mouettes. Les peintres adoraient ça. Ils recherchaient les contrastes, le vieux granit, le gauchissement du paysage, une patine désordonnée qui remontait d'une époque lointaine.

Ils arrivaient en début de matinée quand la lumière était la plus amène. Chapeautés, sourcilleux, ils descendaient de leur longue voiture un encombrant attirail, vieilles valises cabossées, chevalets, palettes, bocaux, parasols, chaises pliantes, sacoches emplis de chiffons et de tubes gros comme ceux du dentifrice Colgate. Ils enfilaient des vareuses délavées, des blouses maculées de toutes les couleurs, badigeon violacé, résultat exquis de frottements divers. Ils avançaient prudemment dans les herbes hautes parmi les coquelicots, les rainettes et les libellules. Pas du tout rassuré, je m'approchais timidement des démiurges, sans un mot, en ayant le sentiment de troubler une intimité. Je les suivais pas à pas jusqu'à ce qu'ils trouvent l'emplacement idéal pour déposer leur matériel et planter leur chevalet. Tous les objets de ce fourniment s'enchevêtraient et participaient à l'incroyable entreprise, assembler des lignes et des couleurs sur une toile pour que la magie opère. La technique que mettaient en œuvre ces peintres du dimanche représentait pour moi un stade supérieur de la sagesse.

La chapelle occupait leur attention, sans oublier le corps de ferme en arrière-plan, la croix inclinée, la fontaine et l'orme séculaire dont les hautes branches se désarticulaient vers le ciel. Le premier coup de pinceau était un geste furtif, insignifiant, le deuxième n'était déjà plus une intention gratuite. Les odeurs d'huile de lin, d'essence de térébenthine, mêlées à celles du fenouil, de la ciguë et du crottin, étaient ensorcelantes.

Pendant les pauses quelques peintres daignaient me dire trois mots. Je me souviens d'un farfadet très agité qui faisait des grands gestes vers le ciel, en poussant des éclats de rire : « Vois-tu, petit, c'est avec le bras qu'il faut peindre, pas avec la main. Rappelle-toi bien ceci, c'est le cerveau qui commande. » Un autre ne parlait que du nombre d'or. Avant de dessiner, bras tendu, il prenait des mesures dans l'espace, puis il traçait au fusain des cercles et d'énigmatiques lignes qui s'entrecroisaient sur la toile. « Et la chapelle ? » osai-je demander à un vieux bossu au regard d'aigle qui lui tournait le dos pour ne s'occuper que du chemin creux qui filait vers Lescors, l'*Estreved Roz* pour les gens du pays. « La peinture, me répondit-il, il faut bien que tu saches, il ne s'agit pas de représenter une belle chose mais n'importe quoi, même un tas de fumier. Le beau n'est jamais ce que l'on croit. » Je n'y entendais rien mais j'aurais voulu être bossu pour pouvoir affirmer de telles paroles.

A un certain point de vue, ils n'étaient pas très différents les uns des autres. Tous tenaient à peu près le même discours, ne jurant que par l'impressionnisme. La peinture, pour eux, s'était arrêtée à Monet, à Pissarro. Ils traquaient le décor patrimonial pittoresque, le cliché de carte postale. Transposer était leur verbe favori. Il fallait reproduire mais avec prudence.

Je les enviais, postulais leur monde, je les rangeais dans la catégorie des bizarres géniaux. Au bout de quelques minutes la campagne m'apparaissait sous un jour neuf, frappée d'une déformation prismatique. Il suffit, on le sait, d'un léger mouvement de notre part, d'une pensée, pour que l'on s'aventure aux lisières de l'inconnu. Jamais l'herbe ne m'était apparue aussi vibrante. J'avais un doute, tout à coup, sur l'emplacement du grand orme par rapport à la chapelle. Je découvrais un tapis de lichen sur le contrefort près du portail sud. C'était dans ma tête une allégresse intuitive, un vague remuement de ciel, de talus, de granit, d'arbres, de chemins tordus. Ainsi, la réalité prenait l'apparence d'une illusion.

Je n'avais qu'une obsession, imiter ces peintres amateurs. Le printemps marquait l'arrivée des fêtes religieuses. Ma mère m'entraînait aux pardons bigoudens à Tronoën, à Penhors, à la Tréminou. On prenait l'autocar Le Cœur pour se rendre aux grands pèlerinages de Rumengol, de Sainte-Anne-la-Palud. Je suivais toutes les processions avec une hâte fébrile, car elles annonçaient la fin de la grand-messe. J'allais pouvoir retrouver les stands de marchands forains et me traîner dans la poussière en hurlant jusqu'à ce qu'on cède à mon désir, obtenir une boîte d'aquarelles et un pinceau.

Plus tard, vers dix ans, la peinture m'est réapparue sur les planches colorées du Petit Larousse 1959. Je passais des heures à examiner *L'Atelier du peintre* de Courbet, *Saint-André-en-Morvan* de Corot, *Le Chien rouge* de Gauguin, *L'Odalisque* de Matisse…

A dix-huit ans je fis la connaissance de Bazaine, dont le souci premier ne se limitait pas à peindre sur le motif. Toujours inquiet comme un débutant, il reprenait à son compte le propos de Duchamp : « Le grand ennemi de l'art c'est le bon goût. » Ce fut une révélation. J'ai perçu la dissonance entre la tendance générale, prisonnière du passé, le chromo fascinant, ce qu'on nous raconte, et l'exigence de l'œuvre d'art, l'ébranlement intempestif mêlé à une prescription qui émane du plus profond de l'être et ouvre la porte à la non-figuration. Je me suis alors définitivement affranchi du pittoresque, du mélodieux, de la peinture nulle, fort répandue.

Mais « le moule où l'on m'a jeté », pour citer Rousseau, a pris corps avec la présence des peintres du dimanche à La Madeleine. Comme un éclat précieux, ces rencontres de plein champ revêtaient un caractère solennel, définitif. Les souvenirs de ces vertiges de printemps me restent avec la netteté de tous les événements qui annoncent une étape nouvelle.

Gwenn-Aël Bolloré (1925-2001) fut homme d'affaires, éditeur, écrivain et poète. Résistant, il fit partie des 177 « commandos Kieffer » qui débarquèrent en Normandie le 6 juin 1944. De 1963 à 1998, il fut membre du jury du Prix Bretagne, et ne cessa de le soutenir financièrement.

Glénan

Gwenn-Aël BOLLORÉ

Au plus chaud dcs caresses solaires
Est le rouge du granit pâmé
Est le blanc de la grève
Est le bleu des roches recouvertes de moules

Les brunes perruques pourrissent lentement au soleil
Les algues d'or s'épanouissent largement dans la mer
Dans une mer lisse et brillante comme un plomb
  fraîchement coupé
Silencieux le poisson glisse
Ombre scintillante sur la terne clarté des sables.

Le mystère du ressac
Rend plus profond le silence
Et plus subtile la brise

Mais dans la nature mourant partout de la clarté du sel

J'AIME

J'aime toutes les couleurs de l'anémone indolente
Toutes les formes de l'oursin brillant de sa clarté d'oursin

ET TOI

Jean Bothorel est journaliste, biographe, essayiste, né à Plouvien. Il est secrétaire général du Prix Bretagne depuis 2001. Son dernier ouvrage est *Nous avons fait l'amour, vous allez faire la guerre* (Albin Michel).

Les dimanches de Sainte-Marguerite

Jean Bothorel

Dans ces années-là, dès les premières chaleurs de mai, le dimanche avait son rituel bien réglé. Après la grand'messe et quelques discussions animées dans un des bistrots du bourg, mon père sortait sa Citroën B14 et on s'en allait déjeuner sur la côte. Selon d'où soufflait le vent, on rejoignait ou La Baie des anges à l'Aber Wrac'h, ou l'hôtel des Dunes à Sainte-Marguerite, ou Le Gai Fleuri à Brignogan. Le plus souvent on échouait au restaurant de l'hôtel des Dunes où mon père avait ses habitudes, et où nous retrouvions les « cousines et cousins de Plabennec ». Derrière les baies vitrées s'étendait l'immense plage protégée par un chapelet d'îlots rocheux. Cette vue magnifique a-t-elle jamais retenu l'attention des gamins que nous étions ? Je crains que non. Sans doute n'avions-nous pas la profondeur du peintre pour apprécier, dans toute sa beauté, cet imposant massif dunaire. L'image qui m'en est restée est moins lyrique, et s'apparente à un instantané photographique définitivement fixé.

Dans cette grammaire mémorielle, la B14 « Tout Acier » occupe sa place. Quand la route secouait, on se serrait sur la banquette chaudement capitonnée, on s'accrochait aux cordons de gros fils torsadés. Ayant la fâcheuse idée d'être malade en voiture, j'essayais, surtout, de ne pas dégorger… Mon père tenait beaucoup à cette « conduite intérieure » – ainsi disait-on – dont les larges marchepieds, les six glaces et la malle arrière ne manquaient ni d'allure ni de confort. Il ne l'a échangée qu'en 1949, contre la « onze », une autre « traction avant » Citroën. La famille était abonnée à la marque, un de mes oncles étant le concessionnaire du canton. La B14 renvoyait à l'avant-guerre et, à sa façon, elle devait avoir pour mon père un parfum de nostalgie heureuse.

A l'hôtel des Dunes, on pouvait traîner jusqu'à 15 heures. Mon père et ses deux beaux-frères, agitant des problèmes politiques ou municipaux, s'excitaient contre les « bons à rien » de l'administration, débattaient de la guerre, des boches, de l'Indochine, des communistes… Parfois une des épouses marquait son agacement. « Mais ça fait vingt fois qu'on entend ça ! Qu'est-ce que vous pouvez radoter !!! »

Cafés et digestifs avalés, la tribu s'ébranlait. En costume sombre, chemise blanche, cravate, chapeau mou, les hommes marchaient en tête. Suivaient les femmes qui portaient les serviettes, les tabourets pliants et les paniers du « quatre heures ». Quant à la marmaille, elle courait entre les chardons, le serpolet, les parentucelles, vers un des blockhaus, ces forteresses mythiques du mur de l'Atlantique. Ma tante Rozic criait : « Combien de fois il faudra vous dire de pas aller dans les blockhaus ! Les gens pissent là-dedans et même plus ! » Bien sûr, on entrait. Ça puait. On ne sentait rien. Les ombres bougeaient. Une petite inquiétude nous gagnait. Nous étions au cinéma.

C'est après, seulement, que l'on dévalait de la dune sur la plage, quasi déserte. Une ou deux charrettes de goémoniers brisaient la ligne de l'horizon. On pliait soigneusement nos habits, on les posait sur le dos d'un rocher, et on enfilait nos maillots tricotés à la laine. Nos chères mamans, elles aussi, arboraient leurs maillots « d'une pièce », aux couleurs discrètes, achetés aux Dames de France rue de Siam à Brest. Avant que nous partions à l'assaut de l'océan, elles nous badigeonnaient d'une huile « à bronzer » qui nous transformait en friteuse. Et elles ne nous quittaient plus des yeux. Par marée haute il suffisait de quelques mètres pour plonger dans les vagues. A marée basse c'était le parcours du combattant. Marchant vers le large sur le sable ruisselant et entre les algues visqueuses, on aimait se faire peur, on s'imaginait rattrapé et englouti par le flot des eaux montantes… Ici, selon la légende, « la mer remonte à la vitesse d'un cheval au galop ». Il y avait de quoi frémir. D'autant que nos maillots, imbibés de mer salée, nous brûlaient l'entrejambe, les fesses, et nous empêchaient d'accélérer le pas. Bref, le bonheur !

Après la baignade, on se goinfrait de craquelins et de chocolat. Ah, ces craquelins bretons, ce petit pain soufflé à base de froment, d'extrait de malt, d'œufs entiers et de lait !! Je ne sais si on en trouve encore sur le marché. On ne s'attardait guère à jouer au ballon, au jokari ou aux galets. Les hommes s'impatientaient, pressés de gagner le moulin d'Avoine sur l'Aber-Benoît, où les attendaient plusieurs commerçants et paysans du coin, pour la traditionnelle partie de boules. Cet aber a compté, jusqu'au milieu du XXe siècle, plus de quatre-vingt-dix moulins qui faisaient vivre sept à huit cents personnes…

« Allez ! Tous dans l'étang pour vous dessaler », ordonnait ma mère qui, ici, était chez elle. La partie de boules pouvait se prolonger assez tard, à la lueur de deux ampoules qui pendaient sans abat-jour. La soirée s'achevait autour d'une vaste table, dressée pour accueillir la vingtaine d'invités. Le vin coulait sans retenue, les esprits s'échauffaient, mais quelqu'un parvenait toujours, d'une pirouette, à éteindre la menace d'un orage. Les gosses somnolaient, en espérant que les femmes sonnent la retraite… Enfin, vers onze heures du soir, tout le monde rentrait au bercail. Dans l'attente du dimanche suivant…

Pour le retour au bourg de Plouvien, ma mère prenait le volant. Elle avait eu son permis en 1920 et adorait conduire. Mon frère Jo, mon aîné de sept ans, se tenait sur le marchepied, mimant les gangsters de Chicago. A cette heure-là on ne croisait personne. Les temps ont changé…

Ces escapades dominicales de mon enfance n'ont cessé, je ne sais par quelle étrange alchimie, de me renvoyer, avec une singulière précision, à mes trois hommes endimanchés, debout sur la dune, comme s'ils observaient le ciel de l'éternité. Aujourd'hui encore, ces trois silhouettes coiffées d'un chapeau mou, figées dans une posture statuaire et nimbées d'un halo de solitude, continuent de nourrir l'inconscient de mon enracinement, de ma trace. Un souvenir et un héritage. Le sépia de ma mythologie personnelle : la presqu'île de Sainte-Marguerite, sa dune, son espace infini, sa grève, son sable fin, et cette odeur musquée du varech…

Membre du jury du Prix Bretagne, Georges-Olivier Châteaureynaud est romancier, également auteur d'une centaine de nouvelles, genre dont il est un grand défenseur. En 2021, il publie *A cause de l'éternité* (Grasset).

La maison de la pointe

Georges-Olivier CHÂTEAUREYNAUD

Longtemps, je me suis complu à croire que j'avais été conçu à Porsguen. Cette illusion reposait sur l'existence de photos noir et blanc, minuscules, aux bords dentelés. Sur l'une, Monette pousse à la mer une barque. Sur une autre, Jo, dans un halo de lumière, debout en maillot de bain à la proue de la barque, beau comme un dieu sans mentir. Adam et Eve au paradis marin… Conçu là-bas cet été-là, je devenais consubstantiel au lieu, j'en émanais magiquement. *Nature boy, strange enchanted nature boy*… Or ma naissance fin septembre 1947 fait remonter ma conception début janvier de la même année.

Courant 1945, Monette rencontre Jo rentrant de déportation. A l'été 46, il lui propose de lui montrer le paradis, dont il connaît l'emplacement depuis son enfance : au bord de la rade de Brest, au bout du troisième doigt de la presqu'île de Plougastel.

C'est dans une chambre de bonne, à l'extrémité d'un sombre couloir, et non dans la lumière tamisée du paradis finistérien, que prend place l'acte de chair crucial. Dommage. Je me voyais bien en enfant mystique de la vague et du roc, et d'ailleurs je l'ai été, « quelque part », au long de mes vagabondages là-bas, sandalettes en plastique et boxer-short, sous la pluie fine qui m'ondoyait en passant.

Dès que le nom de Porsguen fut prononcé devant moi, ce fut avec un accent de ferveur qui marqua à mes yeux son caractère mythique. Il y avait Porsguen d'un côté, et de l'autre le restant du monde, pauvre faute-de-mieux où l'on végétait entre deux étés.

La maison de la pointe n'était guère qu'un toit. Le rez-de-chaussée renfermait un âtre, un évier de granit, une table flanquée de deux maies, et une enfilade de lits-clos désaffectés abritant cannes à pêche et haveneaux. Un escalier étroit et raide, courant sur un des murs, permettait de gagner l'étage où étaient entreposés quelques paillasses et lits de camp. Par fortes pluies, l'eau passait sous la porte d'entrée et transformait en bourbier la terre battue du rez-de-chaussée.

Porsguen était un océan d'odeurs. Dès l'abord, il était impossible d'ignorer celle du tas de fumier d'illustration d'abécédaire. Les relents de fiente du poulailler ne masquaient pas tout à fait le souffle glacé du puits engoncé dans son lierre, dangereusement voisin du tas de fumier aurait estimé un hygiéniste. De l'écurie provenaient des odeurs de sueur et de crottin, mais avec ces perceptions inaugurales on n'avait fait que mettre un pied dans le labyrinthe olfactif. D'autres émanations perçaient sous les premières : le parfum des pommes conservées sur des claies dans une des granges, celui des fruits pourris jonchant les vergers, celui de l'herbe devant la maison de la pointe, d'abord haute et vierge puis foulée par nos jeux, celui de la tignasse de bruyère et d'ajoncs couronnant le front de la falaise... A l'intérieur le renfermé des lits-clos, la suie de la cheminée et la cendre de l'âtre, en haut la poussière du plancher, le foin des paillasses. En arrière-fond de tout cela, la Grande Haleine, le vent salé de la mer toute proche.

Deux chênes dessinaient un arc de triomphe s'ouvrant sur une prairie qui dévalait vers la grève. Une jument grise s'y ébattait, soulevant sous son galop des mottes de terre et d'herbe grosses comme des têtes d'enfant. La plage en contrebas n'était pas belle, composée d'un sable grossier mêlé de cailloutis, semé de blocs hirsutes. Derrière la pointe, un chaos de roches précédait l'anse où Jo mouillait son bateau. En retrait s'étendait un palud parcouru de bras d'eau limpide sur un fond de vase noirâtre.

L'âme de Porsguen, c'était Jo, qui y avait séjourné enfant le premier. Partout il nous avait précédés. Le domaine tout entier, la ferme et les champs, les grèves, le palud et la mer, n'étaient que ses souvenirs projetés hors de lui et redevenus réalité. Escaladant les rochers, arpentant les prairies, explorant le marais traversé de bancs de mulets semblables à des volées de flèches d'argent, nous ne faisions que marcher sur ses traces et revivre ses vacances d'avant-guerre.

A l'aube du jour prévu pour son arrivée, on guettait sur la mer l'apparition de *Motutunga*. Chaque fois qu'une voile grossissait au loin, s'arrachant les jumelles des yeux, on donnait son avis : c'était lui, ce n'était pas lui, il serait là avant telle heure... Si je partageais l'excitation générale, mes rapports avec le héros demeuraient sous le coup des imprécations maternelles. C'était inconfortable, pour lui comme pour moi. Il pressentait mes réticences, je devinais son embarras. Nous nous parlions peu, comme *interdits*.

Jo n'eut jamais un mot pour me dire que si les choses étaient ce qu'elles étaient entre lui et Monette, elles ne devaient pas affecter nos rapports… Le drame était qu'il ne s'en fût jamais instauré aucun. Nous nous côtoyions quelques jours par an, faisant l'un et l'autre comme si de rien n'était. Un jour pourtant, la réserve dans laquelle nous nous cantonnions vola en éclats. Ce fut à l'occasion d'une bagarre pour rire entre enfants et adultes, sur l'herbe de la clairière, devant la maison de la pointe. Jo était seul ce jour-là pour nous affronter tous les trois, Yvon, Annick et moi. Nous étions déchaînés. Les poitrines haletaient, les yeux brillaient. Soudain, comme je me relevais à moitié étourdi d'une bourrade, je trouvai Jo à terre, momentanément débordé par la furia de mes cousins. Alors j'ai fermé mon poing, et je l'ai frappé à la lèvre. Il y a eu un moment de silence et d'immobilité, puis, sans se concerter, les autres se sont sauvés. Jo s'est emparé de moi. Tout en rappelant les coutumes cruelles des Hurons du Finistère et les traitements atroces qu'ils infligent à leurs ennemis prisonniers, mon père m'a attaché à un arbre, et il a écrasé sur mon visage une pomme pourrie avant de s'éloigner à grands pas, en m'abandonnant à mon sort.

Après sa mort, je l'ai su par Annick, ses proches ont répandu ses cendres dans la mer, au bout de la pointe, à quelques mètres de la clairière, comme il l'avait demandé.

Philippe Chevallier, natif de Redon, est comédien, humoriste au sein d'un duo célèbre, membre de l'Académie Alphonse Allais. Il a reçu le Grand Prix de l'humour en 1999. C'est un ami du Prix Bretagne.

Une terre profonde qui monte au ciel

Philippe CHEVALLIER

S'il fallait évoquer chaque province ou région française par un seul mot ou un seul nom, je dirais par exemple : Alsace choucroute, Nord terrils, Bourgogne vin, Normandie vaches, Auvergne volcans, Berry George Sand, Landes pins, Vendée chouans, Alpes montagne, Provence cigales... Et Bretagne : religion !

Oui, la Bretagne c'est une terre profonde qui monte au ciel en faisant un clin d'œil perpétuel à la mer... Les jeteurs de sort berrichons qui ont toujours affaire au diable ne peuvent pas lutter avec nos korrigans qui sortent des fougères, enfants impertinents du mariage des druides avec les fées.

Les envahisseurs bretons n'ont pas contrarié les autochtones armoricains : ils étaient faits pour s'entendre. Leurs conflits se sont noyés dans une même dévotion à ce qui était au-dessus de leurs têtes ; une crainte révérencielle mêlée de reconnaissance aux dieux qui avaient façonné de tels paysages...

J'ai cinq ou six ans. Quand ce n'est pas ma mère qui m'emmène promener au jardin du Thabor de Rennes (le Thabor… comme par hasard !), c'est ma grand-mère paternelle qui s'en charge… Assez rapidement. Le vrai but de notre expédition, c'est le détour, pour « une petite prière » à la basilique Saint-Sauveur. Ma grand-mère était confite en dévotion… Trente ans après la mort de son époux, elle lui rendait continuellement hommage en pensée et en prières, ne ratant jamais une occasion de s'agenouiller au prie-Dieu de service, en plein après-midi, dans le recoin de cette magnifique église où étaient placardés les ex-voto…

Je ne parlais à l'époque, et encore aujourd'hui malgré des rudiments d'anglais et d'espagnol, que le français. J'allais découvrir avec Bonne-Maman une langue étrange, impénétrable, incompréhensible, récitée à mi-voix sur un ton qui ne supportait ni le doute, ni la contradiction ! Une répétition de vocables, de syllabes et de consonnes sifflantes qu'accentuait chez ma grand-mère un inimitable et léger roulement de « r », inhérent à sa façon de parler et que je n'ai jamais trouvé chez quiconque. Pas plus chez les Bretons ou les Cosaques du Don que les habitants de Castelnaudary !

Ma pieuse aïeule était originaire de Saint-Coulomb, petite commune située entre Saint-Malo et Cancale, faisant la jonction entre deux populations qui n'ont eu de cesse que de se bouffer le nez alors que les relations maritales et commerciales ont toujours été fructueuses entre ces deux pôles d'attraction du nord de la région. Mais les Bretons le savent : « Clochemerle » aurait dû naître sur notre sol plutôt qu'en Beaujolais !

Assis à côté de ma récitante, sur une chaise mal rempaillée qui chatouillait mes cuisses nues sous ma culotte courte, j'entendais un charabia dont j'aurais voulu comprendre la signification même si j'arrivais à en décrypter certains sons… Deux vocables revenaient avec la régularité des vagues sur la plage : *Oremus* et *Jesus Christi*… que ma grand-mère prononçait « Yézous »… Malgré mon vocabulaire réduit en matière de prières, la messe dominicale ainsi que les cours de catéchisme à l'école des Frères des Ecoles chrétiennes m'avaient fait rapidement identifier le fameux « Yésous » comme étant Notre Sauveur, celui avec lequel tout commençait vraiment, même si la bizarre prononciation de ma grand-mère avait pu me laisser perplexe quelques séances.

C'était donc entendu : nous étions dans une église, Bonne-Maman faisait sa prière à Jésus, sans doute aussi à la Sainte Vierge par-dessus le marché puisque je repérais quelques « Maria » évocateurs de la procession du 15 août sur les remparts de Saint-Malo. Mais vingt dieux, pourquoi ma grand-mère parlait-elle comme ça ? Etait-ce la langue des religions ? Celle du fameux Yésous ? Et pourquoi parlait-elle normalement quand nous étions dans la rue ou à la maison ?

Il y a des enfants rebelles, indisciplinés, heureux d'en découdre avec les injonctions parentales. Je n'étais pas de ceux-là. Si je me posais des questions, je n'avais pas à en poser aux autres, fussent-ils mes parents. Et puis, si cette langue bizarre était biblique, je n'allais quand même pas déranger le bon Dieu pour lui demander des comptes ! C'était à moi de me mettre au diapason…

Malgré l'apprentissage du latin en classe de sixième et le Pater Noster hebdomadaire de la messe de onze heures et quart, à la cathédrale de Rennes ou à celle de Saint-Malo, je mis longtemps à faire le rapprochement entre la langue liturgique et le volapük de Bonne-Maman… Cette résistance de ma part venait-elle d'une prononciation différente entre le latin d'église et celui de l'école ? Ou de ce que, persuadé à juste titre que ma grand-mère n'avait jamais étudié cette langue morte, je ne pouvais imaginer qu'elle la parlât.

C'est mon père qui, bien plus tard, me donna la clef de l'énigme : sa mère ne parlait pas plus le latin que le breton, ou même le gallo, mais elle avait appris par cœur des dizaines de prières en latin étant enfant et, gravées pour toujours dans sa mémoire, pouvait les réciter sans les comprendre.

Est-ce le souvenir enfantin de cette vieille dame récitant, parfois le chapelet à la main, des pans entiers de textes immuables écrits des siècles auparavant et dont je ne goûtais que l'étrange musique, berceuse incantatoire adressée à un autre monde, qui a définitivement scellé mon inclination à franchir la porte des églises où qu'elles se trouvent ? Pourquoi, en effet, aurais-je d'abord de notre pays breton une vision religieuse et ecclésiastique, où le gothique et le gris des piliers seraient dominants, au lieu de la classique évocation de la lande, de la couleur émeraude de la mer et du jaune d'or des ajoncs soufflés par le vent ?

Il faut avoir entendu le cantique « Chez nous soyez Reine… » dans la cathédrale de Saint-Malo pour comprendre que l'auteur du *Génie du christianisme* était né dans les parages… Ce magnifique chant, je l'ai entendu dans une église du sud de la France qui recèle des beautés architecturales romanes à couper le souffle. La beauté catholique méridionale est apaisante, mais… elle manque de sérieux !

A chaque instant de la célébration, on s'attend à voir débarquer du transept un mouton, un santon ou un tambourinaire… L'odeur du thym et de la farigoulette se substitue naturellement à celle de l'encens. Bien sûr, une messe gitane aux Saintes-Maries-de-la-Mer, ça ne manque ni de couleur ni de panache, mais la verticalité y est réduite ; on pense moins à lever les yeux au ciel ou à les baisser vers ses pieds dans une inclinaison recueillie qu'à les tourner en direction du regard de feu des jeunes filles, « Carmencitas » à la beauté du diable qu'il nous envoie façon saint Antoine !

Chez nous la relation au bon Dieu est uninominale ! La messe en Bretagne, ça n'est pas du gospel ! Pendant la poignée de main qui a remplacé le « baiser de paix », avatar liturgique soixante-huitard de Vatican II, les visages ne sont pas tous à la rigolade : notre mystique à nous est sérieuse !

Ma chère et sainte grand-mère chuchotait son latin de prières pour ne déranger ni ses voisins ni son petit-fils. Et sans le vouloir délibérément, elle m'a appris qu'avec le temps on vient à bout de tous les mystères.

Romancier, essayiste et journaliste, Jean-Luc Coatalem est finistérien, depuis toujours porté par les voyages et l'ailleurs. Son récit *Je suis dans les mers du Sud* (Grasset), consacré à Gauguin, a été couronné par le Prix Bretagne 2002.

Je me souviens de vous, Saint-Pol-Roux

Jean-Luc Coatalem

Bandeau brodé, yeux au khôl, robe de Gitane, la musulmane attire les badauds. Provocante, cette Esmeralda danse au son d'un tambourin. C'est une parade de forains sur le boulevard de Clichy, à Paris, où s'est déployé pour ce 14 Juillet un cirque au chapiteau bariolé comme un sucre d'orge. Il ressemble à ceux des contes pour enfants, avec ses tigres râpés, sa girafe et ses clowns. Le regard de la musulmane accroche le sien. Il est bel homme. Elle s'adresse à lui qui la dévore des yeux.

En cette soirée de l'été 1898, Saint-Pol-Roux, poète et librettiste, rêve de voyages, de rencontres nouvelles. Où l'emmènerait-elle, alors, guidé de sa main fraîche ?

— D'où êtes-vous ? tente-t-il.

Alors, avec un accent brestois à couper la brume, la belle lui répond du tac au tac :

— Camaret. Une presqu'île du Finistère. Prenez le train jusqu'à Brest puis la navette. A la cale du Fret, vous demanderez ma tante, elle s'occupera de vous. Vous ne pourrez aller plus loin.

Surprise ! La fille n'est ni musulmane ni indienne, mais native du port sardinier au bout du goulet de Brest.

Deux jours après, le poète part en repérages. Et comme la fausse Gitane le lui avait prédit, après vingt heures de train, une heure de bateau, le choc est immédiat. Une rade miroitante ; des falaises rousses où bat l'Iroise ; le vent en écharpe autour des îles rondes et des rochers affûtés. Sous un soleil de juillet, il trouve à ce trident de grès, où rivalisent les à-pics et les anses, de faux airs d'Irlande ou d'Ecosse. Et puis ces trognes aux yeux bleus sur les quais, ces jolies filles en coiffe, le parfum du varech mêlé aux effluves des pins…

Tout le ravit dans la lumière cristalline, sur cette presqu'île qui, en effet, est presque une île, et se nomme Crozon.

Etonnante trajectoire que celle de ce Marseillais, qui lâche tout, à commencer par Paris et sa lassitude, pour déambuler sur nos vieux sentiers aux améthystes. En sabots cloutés, une cape jetée sur sa veste en drap, il restera là, quarante-deux ans d'affilée, loin des cénacles et des théâtres, jusqu'à sa mort. La force tellurique de « cette fin de terre qui est un commencement de ciel », dira-t-il, le leste, le dope et l'éblouit. Entre ajoncs et bruyères, il choisit une chaumière à Roscanvel, puis s'établit sur la pointe de Camaret. Devant lui quinze mille jours d'ors, de bruines et de vents dans son futur château des courants d'air !

A l'origine, derrière un champ hérissé de menhirs, huit tourelles, un fronton antique, une rosace de verre, un escalier gothique et ce salon surplombant l'océan.

Son édifice baroque et farfelu, financé par un héritage, et dessiné par un officier d'artillerie, impressionne.

Aux murs, des armes blanches du Siam, des vases Ming, des faïences de Quimper et des estampes symbolistes. Son bureau d'écrivain donne sur le Lion du Toulinguet, rocher géant qu'on croirait tapi dans les vagues. Un trône médiéval est calé face au ciel. Deux rochers, entre lesquels il s'assied, font « rêvoir ». Il y a du sable dans le couloir du hall et des cailloux peints. On imagine que la cave communiquerait avec des grottes, en dessous, où le poète aurait attaché sa yole. La nuit, descendu à la force des bras par une corde à nœuds, Saint-Pol-Roux godillerait dans la houle dansante, nommant les écueils, tutoyant les monstres sous le halo de son fanal.

« La rencontre capitale de ma vie, c'est ce rocher à ce bout de la Terre », commentera-t-il.

C'est la mienne aussi. Avec le grand continent européen dans le dos. Et le large, bleu pâle ou vert sombre, en une version remuante et panoramique.

Aujourd'hui, hélas, il ne reste presque plus rien du royaume du Magnifique, sinon, mis à bas par des bombes et un incendie, cette archéologie de pierres noircies, caravelle à l'envers, où prolifèrent depuis herbes et buissons. L'escalier ressemble à un morceau de sucre gris ; les parquets concassés des chambres sont devenus gravats. Le salon avoue un trou béant ; le ciel a repris sa place au bout du couloir.

Dans mon cas, pas un séjour sur ma presqu'île de Crozon sans rôder parmi ces ruines, attentif à relever mentalement telle colonne, à recoiffer une tourelle, à raccrocher aux murs ce qui fut là, dont les panneaux sculptés de Gauguin.

Chaque année, hélas, le manoir de Coecilian se révèle plus abîmé encore. Et j'aurai tourné cent fois au milieu de ses pierres, pour retrouver ce qui restait du portique de l'entrée, passant au salon éventré, caressant les dernières dalles de la main, en volant même un fragment pour talisman. Celui-ci a la forme pointue d'un silex et orne ma bibliothèque de son invisible sceau.

Une fois, je me suis risqué dans la tourelle. Sur un vestige de la balustrade, j'ai embrassé la baie de Pen Hat, le goulet devenu une plaie d'étain, l'océan engouffré. Mais où se trouvait donc la chambre de sa fille Divine qui apprivoisait les goélands ? Et qui aimait-elle en secret, quel peintre barbouillé d'embruns qui, saoulé de vent, lui récitait les vers incantatoires de son père ?

Les voici sur les yeux des jardins, les voilà sur les fleurs des visages...

Un matin, c'est sûr, j'irai à Pen Hat creuser la colline (un manuscrit du poète y a été enfoui en 1940 dans un coffre), et, avec un brin de chance, si le vieux poète barbu et translucide venait à réapparaître, je serrerai la main à notre roi-lyre. Me précédant dans le chemin dégringolant vers la mer, entre hier et aujourd'hui, nous aurons alors une conversation dans les bourrasques et les intermittences de la lumière. Un peu comme de vieux amis qui savent que, parfois, le temps n'a pas de prise au pays de Bretagne...

Lorraine Fouchet est romancière, scénariste, avec une vingtaine d'ouvrages à son actif. Le Prix Bretagne 2016 a récompensé son roman *Entre ciel et Lou*. *A l'adresse du bonheur*, également publié chez Héloïse d'Ormesson, est son dernier ouvrage.

La corne du bateau

Lorraine Fouchet

Ce qui me rattache inconditionnellement à l'île bretonne de Groix, c'est un son. Pas un goût ni une vision, mais une musique. Petite, j'allais en vacances chez des amis dans le Finistère à Sainte-Marine. Adolescente, j'allais chez mes parents dans le Morbihan entre Belz et Erdeven. Adulte, je suis partie de Lorient pour aborder à Groix, un merveilleux jour d'hiver, il y aura bientôt vingt ans. J'ai posé le pied sur le pont du bateau qui assurait la rotation entre l'île et la grande terre. A l'époque, j'avais un basset hound, le chien de l'inspecteur Columbo. Il a été malade pendant toute la traversée, j'étais assise par terre à côté de lui, à lui masser les oreilles et à lui parler pour le rassurer, le bateau bougeait. Il y avait de la houle, du *lavagnon*, les rares passagers étaient groisillons, on dit aussi les Greks. Je n'ai rien vu pendant ces quarante-cinq minutes, ni la rade de Lorient, ni la citadelle de Port-Louis, ni les maisons anciennes de Larmor-Plage, ni l'entrée dans l'océan Atlantique et la passe des Courreaux. Et puis, soudain, le bateau a corné en manœuvrant pour entrer à Port-Tudy. Ce son m'a chamboulée pour toujours. Etrangement, j'ai alors su que j'arrivais, non pas chez moi, mais au juste endroit de ma vie. Sur ce caillou de huit kilomètres sur quatre kilomètres, planté au milieu de la mer, trois lieues au large de Lorient, comme le chante dans ses poèmes le barde Yann-Ber Kalloc'h.

J'ai débarqué avec mon vieux gros chien chaloupant, j'ai vu le café rose « Chez Soaz, dernier café avant Lorient », les loueurs de vélos, la vedette de la SNSM, le bassin à flot, et la rue qui monte en pente raide vers le bourg et l'église surmontée d'une girouette en forme de thon – pas une girouette en forme de coq comme ailleurs, parce que ce n'est pas une île de paysans mais une île de marins. J'avais encore la corne du bateau dans les oreilles. Le soleil sur la lande m'a donné envie de danser et d'écrire. La pluie mêlée aux vagues m'a donné envie de boire et de chanter. Le ciel la première nuit devant ma petite maison blanche ressemblait à un caban piqueté d'étoiles.

Depuis ce jour, ma madeleine de Proust bretonne c'est la corne du bateau. Les anciens de l'île disent parfois « le vapeur », les insulaires préfèrent « le roulier », les touristes l'appellent « le ferry ». Autrefois on embarquait sur le *Kreiz er Mor* ou le *Saint Tudy*, aujourd'hui c'est le *Breizh Nevez* ou l'*Ile de Groix*. Autrefois, mon chien s'appelait Guinness, après le cocker Uriel a partagé ma vie pendant dix-sept ans, aujourd'hui c'est le westie Mon Pote. Mes chiens ont toujours eu la patte marine. Quand le bateau donne de la voix devant les feux d'entrée du port, le rouge et le vert, mon chien aboie, mon cœur crie de joie, mon corps se détend, mon visage s'illumine. Nous sommes là où nous devons être.

Les choses changent, en vingt ans. Ma maison est devenue rouge. Le café rose Chez Soaz est devenu le Mojo. Le mythique Ty Beudeff a brûlé puis on l'a réparé. Mais le phare de Pen Men et celui de la pointe des Chats veillent ; l'île tient bon, fière et digne, face aux marées humaines et océaniques ; de partout, on entend la corne du bateau qui rythme les journées. Le courrier, les médicaments, les journaux s'annoncent grâce à elle chaque matin. Le soir, quand le dernier bateau trace vers Lorient, elle prévient qu'on doit compter les uns sur les autres.

Les îliens disent qu'ils ont *du goût à pagaïe* pour ce qu'ils aiment. J'ai *du goût à pagaïe* pour Enèz Groé en breton, Enez Groaille en groisillon. Je n'y suis pas née, je ne serai jamais groisillonne, puisque je n'ai pas quatre plaques au cimetière de l'île. Mais je l'aime, et je la respecte, avec enthousiasme, humilité, et loyauté. Groix est pétrie du courage des marins qui partaient pêcher sur les thoniers-dundées, et de la dignité des femmes qui restaient sur le caillou travailler la terre et élever leurs enfants.

Il y a de la poésie et de la magie dans cette corne, elle contient toutes les notes sur la portée du monde. J'y retrouve chaque fois, cachées, dispersées, éparpillées, les notes de *Nous étions trois marins de Groix*, les mots iodés d'Alain Souchon, les mots magiques de Gilles Servat… Sa sonorité me fait naviguer *hatoup*, toutes voiles dehors.

A Groix, il n'y a pas de sensiblerie mais des sentiments, pas de baratin mais des actes, pas de solitude mais de la solidarité. Les mouettes et les goélands sont les fantômes des marins disparus. Les humains s'entraident. Les lapins, les faisans, les escargots de l'Escargoterie, les abeilles noires, les oiseaux recensés par la Réserve naturelle François Le Bail et les poissons de l'océan vivent en harmonie. Chacun est un petit maillon de la chaîne d'union de l'île. On naît, on meurt, et entre les deux on navigue, on aime, on travaille, on est droit dans ses bottes, entre le ciel et l'eau, on entend corner le bateau qui fait la rotation. C'est ça, une île bretonne, et ça a du panache, *nom de toui*. Dans la vie, il n'y a pas de hasard ; il y a des concours de circonstances et des bateaux qui passent sur lesquels on embarque, et qui cornent pour annoncer leur arrivée ou leur départ. Entre ses notes, des vies humaines entières se déroulent. « La vie est trop courte pour être petite », disait mon père qui était *un pièce d'homme*. A Groix, toutes les vies sont grandes.

J'ai effectué la traversée par temps doux sur le pont supérieur avec lunettes de soleil et tee-shirt ; par grand vent capelée dans une grosse veste ; sous la pluie avec bottes et ciré. J'ai tenu bon sur le *galuchenn*, j'ai *cabané dans le benal*, j'ai dansé, chanté, bavardé, j'ai eu peur, j'ai vomi, j'ai rassuré, j'ai soigné, j'ai prié. La corne a traversé la brume, caressé ou cinglé mes oreilles, sa mélodie des jours s'est assise au bord de mon cœur, *dam*. J'ai renversé la tête et j'ai souri au soleil, au vent, à la pluie.

Vous connaissez forcément le proverbe : « Qui voit Groix voit sa joie. »

Pour moi : « Qui entend la corne du bateau à Groix sait sa joie. »

Kenavo d'an distro, au revoir à bientôt.

Romancière, poète, mémorialiste, Claire Fourier est née à Ploudalmézeau. Elle fut encouragée à ses débuts par Charles Juliet, notamment. Elle a été récompensée par le Prix Bretagne en 2012 pour *Les Silences de la guerre* (Dialogues et Points Poche). *Sémaphore en mer d'Iroise* (Locus Solus) est son dernier livre.

Ker Stears

Claire Fourier

Me reviennent – ne m'ont jamais quittée – les soirs de rentrée tardive au pensionnat sous le sombre porche crénelé, renforcé d'arcs-boutants, d'un château néo-gothique édifié au XIXe siècle sur les hauteurs de Brest. Conçu par un disciple de Viollet-le-Duc et digne de Walter Scott, on lui avait donné le nom de Ker Stears parce qu'il avait été construit pour le fils de John Burnett-Stears, l'ingénieur venu installer l'éclairage au gaz dans la ville et dont l'usine était en contrebas, dans le port. Ce fils mourut jeune. Béatrice, sa riche veuve, née à New York dans un milieu financier, épousa le comte de Rodellec du Portzic, son aîné de vingt-cinq ans, qui redorait ainsi son blason. La jeune femme s'ennuyait. Sœur un peu de Louis II de Bavière, elle réaménagea le château, s'y étourdit de plaisirs, recevant les marines étrangères en escale. Elle s'y fit voler lors d'une soirée en 1906 le diamant bleu qui inspira une aventure d'Arsène Lupin à Maurice Leblanc ; le diamant fut retrouvé dans le bagage d'un diplomate russe.

En 1940 la comtesse abandonna le château réquisitionné par les officiers allemands. Les Alliés s'y installèrent à leur suite. Tous en prirent soin. La comtesse ne revint plus dans sa demeure cependant épargnée par les bombardements, et son héritière mourut brûlée vive dans l'abri Sadi-Carnot en 1944. Le château revint alors à la Congrégation des religieuses du Sacré-Cœur qui y créèrent le cours Fénelon pour les jeunes filles. J'y entrai pensionnaire en sixième.

J'avais dix ans.

Le château sur la falaise surplombait la rade de Brest. La façade, toute en décrochements, foisonnait de sculptures, cheminées et pinacles. Deux tours ornées de mâchicoulis dominaient le corps de logis. L'une ronde, conique, au long toit d'ardoises coiffé d'un homme d'armes en zinc, faisait pendant à une autre rectangulaire et crénelée. Sur celle-ci je montais en rêve, arpentais le chemin de ronde, scrutais la mer, ne voyais venir que d'interminables années d'études austères.

Les écolières dormaient sous les lambris dorés, dans la salle de bal mansardée. Les hautes fenêtres à meneaux, certaines en formes d'arcs brisés, donnaient sur les lumières du port. Une odeur de cire montait des larges escaliers d'acajou ; ils craquaient dans la nuit sous les derniers pas d'une religieuse. Nos petits lits alignés couverts de cretonne bleue rayée de jaune ressemblaient à un semis de ciel sur la terre. Dans le froid nous nous glissions vite sous les draps, Poucets que la voûte écrasait plus que la menace d'un ogre. Une chaise nous tenait lieu de chevet.

Ma mère disait, tout le monde disait : Comme tu as de la chance ! Un tel dortoir ! Je ne voyais, ne ressentais qu'une chose : la tiède intimité m'était interdite. Le dimanche soir, après que mes parents m'avaient laissée à la porte de la maison du garde, je m'accrochais aux grilles et regardais, en larmes dans la nuit, jusqu'à ce qu'ils disparaissent, les feux de la voiture qui ramenait ma mère à Ploudalmézeau ; j'allais être séparée d'elle pendant huit jours. Le lundi, la sœur lingère posait au bout des lits les habits de la semaine marqués à notre numéro (94 était le mien) brodé en rouge, au point de croix ; nous les trouvions posés en revenant de la prière du soir. En rangs, silencieuses nous montions l'escalier, j'y entendais claquer les talons des bottes allemandes. Nous faisions halte dans l'antichambre de la comtesse, immense salle de bains où l'eau coulait glacée dans les longs lavabos devant lesquels, alignées en chemise de nuit, nous grelottions. Pour oublier les tiroirs aux trésors de ma chambre à la maison et les soirées dans celle de mes frères où mon père nous récitait Homère, je récitais *rosa rosam rosae*, répétais *pulcherrima rosa* comme d'autres comptent les moutons ; cela ne suffisait pas.

Je regardais longtemps dans l'ombre le relief et l'or éteint des hauts lambris, n'imaginais pas de bal joyeux. Des fantômes seuls dansaient : le portique de schiste violet les avait attirés dans le château, et ils erraient le long des corridors ; j'étais épouvantée. Dans mon sommeil j'appelais : maman, maman ! Le lendemain on me grondait : je devais me contrôler davantage, être une digne enfant de la comtesse et du Sacré-Cœur de Jésus. Alors je priais Dieu de toutes mes forces pour qu'Il me vînt en aide, et ravalais mon délire. A la chapelle, à jeun et levée tôt, je noyais mon chagrin dans l'odeur de l'encens et le chant des moniales. Consciencieuse, je me récitais vite, devançant l'aumônier, les textes de la messe, sans oublier aucun, et me réfugiais dans une sorte d'extase. Parfois il me semblait que mes genoux allaient décoller du banc étroit où je les tenais tremblants.

Derrière le château, en bas de l'escalier d'apparat, près d'un tennis en ruine, deux lions de pierre monumentaux menaient à un parc pentu et protégé de l'à-pic par d'épais massifs de ronces. Goûter en main, les pensionnaires y déambulaient après la classe et avant l'étude. Nous grimpions sur les lions ; l'un avait la gueule ouverte ; l'autre semblait affable, avait ma préférence. J'y chevauchais la mélancolie.

Devant le château, près de la cour d'honneur et des beaux et modernes bâtiments de classe dont les fenêtres donnaient sur la mer, un autre parc était la cour de récréation des écolières en blouse bleue. Limité par un belvédère, il dominait la rade. Un muret bas empêchait que le précipice s'ouvrît sous nos pieds. A l'angle, une tour de guet semi-circulaire, où nous aimions nous pencher et nous griser de vertige. Mon regard s'y est accoutumé à fixer au loin les gris bâtiments de guerre, les nuages. Là j'embarquais chaque jour pour Cythère ou l'enfer, je mélangeais les deux.

A Ker Stears j'ai mûri des songes saturniens. Là j'ai appris à n'aimer que les spectres. Dans ce haut lieu j'ai nourri le goût de l'errance, de l'ombre inquiétante, de la majesté sévère et du silence hautain. Là j'ai appris à aimer la splendeur dans l'effroi. De dix ans à dix-sept ans j'ai hanté les couloirs et les arcades en rêvant de légendes morbides, de noblesse hardie et de princière évanescence. Dans les salons immenses donnant sur les terrasses bordées de balustrades fleurdelisées et ouvrant sur le large, j'ai embrassé les lèvres d'une apparition.

Gustave Moreau plus tard me renvoya à mon jeune âge ; je portais en moi ses œuvres. Un jour, accoudée à la rampe hélicoïdale de son musée, je fus saisie par l'atmosphère dans laquelle j'avais grandi. J'ai reconnu mon enfance aussi dans les paysages lunaires de Caspar David Friedrich. Et je me suis identifiée, rêvant d'être enlacée par Laurence Olivier devenu mon type d'homme, à la Rebecca de Daphné du Maurier, à la Cathy des *Hauts de Hurlevent*.

Le pensionnat m'a donné le goût de l'hallucination, la névrose de la beauté noire, dure et pure – la fascination de la solitude dans un lieu qui dépasse ma mesure. A Ker Stears j'ai acquis le goût de l'au-delà.

De ce béguinage mélancolique je suis restée (je crois) la veuve insoupçonnée.

Irène Frain, née à Lorient, est romancière et journaliste. Si l'Orient traverse son œuvre, elle est restée fidèle à sa terre natale. Elle publie en 2020 son nouveau roman, *Un crime sans importance* (Le Seuil, Prix Interallié). En 2014, elle a été récompensée par le Prix Bretagne pour son récit *Sorti de rien* (Le Seuil).

En compagnie des Indes

Irène Frain

C'était un plat de homard. Il coûtait cher, on n'y avait droit qu'une ou deux fois l'an. On l'appelait « kari », du nom de l'épice dont, traditionnellement, on l'assaisonne sur les côtes du Morbihan.

Un plat d'une saveur unique, résultat d'une énigmatique alchimie entre les arômes du crustacé et un mélange d'épices lui-même mystérieux, commercialisé sous le nom de « Kari Gosse ».

Dans ces années 1950 et 1960, impossible d'en dénicher ailleurs qu'entre Lorient et Vannes. Encore fallait-il savoir qu'il s'achetait exclusivement en pharmacie. D'où son conditionnement dans un flacon de verre. N'était l'étiquette du flacon, où figurait un homard aussi rouge qu'un coup de soleil, on aurait pu prendre le kari pour un médicament. N'était aussi son parfum. Un festival d'arômes. Un nez bien exercé pouvait en identifier les composants : piment rouge, fenugrec, curcuma, coriandre, cardamome, gingembre, enfin quelques pointes de girofle, cannelle et cumin.

Dans quelles proportions ? Impossible à dire. C'était, et c'est toujours le secret du kari.

A Lorient, ma ville natale, il était naturel d'assaisonner le homard de cette poudre rouge. J'étais donc persuadée que la créature marine naissait épicée. Je prenais la sauce qui l'enrobait pour une sécrétion naturelle de ses agressifs attributs, pinces, carcasse hérissée d'épines, antennes démesurées. J'imaginais volontiers le homard au fond des abysses, crachant des jets de kari érubescent sur la première friture qui s'avisait de traverser son champ de vision. Donc logique que, post mortem, la bête s'acharne à ravager ma bouche enfantine avec sauvagerie.

C'est seulement vers quinze ans que j'ai réalisé ce que le homard morbihannais devait à la mystérieuse poudre. Son nom m'a intriguée, j'ai questionné ma mère : *Kari*, n'était-ce pas une faute d'orthographe ? Ne fallait-il pas écrire *curry* ?

— Rien à voir ! s'est-elle exclamée.

Elle semblait outrée et pour mieux me démontrer la différence entre les deux substances, elle a prononcé successivement kari et curry. Pour curry, elle força tellement sur l'aigu du *u* – *«* c*Ü-rry ! »* – que j'ai pris tout de suite la mesure de mon ignorance.

Puis elle m'a fait renifler successivement un flacon de kari et un second qui, lui, contenait du *cÜ-rry* :

— Tu vois bien !

J'ai vu. Ou plutôt j'ai senti. La poudre olivâtre du *cÜ-rry* répandait des effluves âpres, presque rustiques. Le kari, au contraire, diffusait des notes chaudes, ouvertes, d'une sensualité joyeuse et sans complexes – toute l'allégresse des mers du Sud. Rien à voir, en effet.

J'ai alors hasardé une nouvelle question : comment fabriquait-on le « kÂri » ? – j'avais de mon côté forcé sur le *Â*.

Ma mère ne m'a pas répondu, sinon qu'elle avait acheté son kari, comme tout le monde, chez le pharmacien.

Je me suis résignée à ce maigre commentaire. Ma curiosité ne s'est réveillée que des années plus tard, quand, écrivant sur l'histoire maritime de la Bretagne, je m'étais rendue aux archives du port de Lorient. Je compulsais ce jour-là des livres de bord de navires de la Compagnie des Indes. Après d'interminables décomptes de caisses de porcelaines, cotonnades et soieries, je découvris des inventaires d'épices. Page après page, Zanzibar, Yanaon, Pondichéry, Chandernagor, Canton, Cochin, défilaient les noms de ports tous plus lointains ; les marchands de la Compagnie y avaient acheté des dizaines de ballots d'épices ; ils les répertoriaient dans leurs inventaires sous la rubrique : *Drogues*.

Intriguée, j'ai lâché mes grimoires pour interroger la conservatrice des archives. « A l'époque, m'expliqua-t-elle, la frontière était mince entre les épices et les substances médicinales. »

Et elle développa. J'appris ainsi que le poivre, le cachou, le séné, le piment, l'aloès, la muscade, le girofle, et même le thé et le café servaient indifféremment de remède et d'assaisonnement culinaire. Dans tous les cas, c'étaient les apothicaires qui commercialisaient les épices.

J'ai aussitôt repensé au kari, et à la discussion que j'avais eue avec ma mère du temps de mon adolescence. Voilà qui justifiait que le secret du kari fût détenu par une dynastie d'apothicaires et qu'on dût l'acheter à la pharmacie. Une survivance des temps où les épices servaient autant à soigner qu'à cuisiner.

Pour autant, j'ignorais toujours d'où provenait le kari. Des Indes, d'Afrique, de Chine, de Siam ? J'ai avancé une hypothèse : et s'il était arrivé ici, à Lorient, dans le paquetage d'un marin de la Compagnie des Indes ?

L'idée a séduit mon archiviste. Puis elle s'est reprise :

— Encore faudrait-il le prouver ! Or à ma connaissance...

Elle pointait les parchemins accumulés sur ma table :

— Je connais par cœur les inventaires de la Compagnie des Indes. Les capitaines parlent de cargaisons de poivre, cardamome, gingembre, safran, de tout ce qu'on veut mais jamais de kari. Ni du curry, d'ailleurs !

C'était une vraie Lorientaise : comme ma mère, elle prononçait « kâri », avec révérence, et *« cÜ-rry »*, avec mépris. Je n'ai pas insisté.

Ensuite, j'ai voyagé. Beaucoup. Longtemps. La plupart du temps vers l'Asie. Je ne vais pas prétendre que c'était pour trouver le secret du kari. Mais tout de même, partout où m'emmenait mon humeur vagabonde, Madagascar ou Djakarta, Agra ou Dharamsala, Pondichéry, Chengdu, Srinagar, je m'arrêtais devant les étals d'épices et je respirais, humais. Sans jamais retrouver *mon* kari. Et comme la vie est volontiers ironique, c'est à Paris que j'ai enfin élucidé le mystère.

J'étais invitée à dîner à l'ambassade de l'Inde. Il faut croire que cette histoire de kari me turlupinait puisque avant de m'y rendre, j'en ai emporté un flacon. J'allais le soumettre au nez de l'ambassadeur.

Coup de chance : quand je le lui ai fait humer, à la fin du dîner, il a tout de suite trouvé.

— Ça vient du sud-est de l'Inde, a-t-il diagnostiqué après deux ou trois reniflages.

Fiévreuse, j'ai hasardé :

— Pondichéry ?

Je savais que cette ville de l'Etat du Tamil Nadu avait été fondée, comme Lorient, par la Compagnie des Indes.

L'ambassadeur a souri :

— Comment savoir ? Le Tamil Nadu est si vaste…

Puis, sur l'étiquette, il a déchiffré le mot *Kari* et il a encore souri :

— *Kari* est précisément un mot tamoul, la langue qu'on parle dans cet Etat. Il signifie « mélange d'épices ». Et, par extension, tout plat, viande ou poisson, cuisiné dans le mélange en question.

Je n'étais pas au bout de mes surprises : l'ambassadeur était un passionné de gastronomie indienne et, dans la foulée, il m'a servi une « leçon d'épices » :

— L'Inde compte des milliers de castes. Chacune d'elles cuisine les aliments dans un mélange d'épices qui lui est propre. Le kari est donc un moyen d'identification sociale aussi sûr que le nom de famille. Il y a des karis de laboureurs, des karis de cantonniers, de cordonniers, de vachers, de bijoutiers. L'épice que les colonisateurs anglais ont baptisée « curry » n'est qu'un mélange parmi des milliers de combinaisons épicées…

Puis il a humé encore une dernière fois mon flacon :

— Je suis formel : c'est le kari d'une caste de pêcheurs.

Je tenais la clef de l'énigme. Enfin, une partie : il me restait encore à connaître la composition de « mon » kari du Morbihan.

Sur ce point, j'ai fait chou blanc. Secret de fabrication jalousement gardé par un pharmacien d'Auray, paraît-il.

Mais quelle importance, puisque chaque fois que je cuisine un homard au kari, ses effluves ressuscitent dans mon assiette, avec mon enfance lorientaise, tous les sortilèges de l'Inde épicée ?

Le comédien et réalisateur Daniel Gélin (1921-2002) a vécu son enfance à Saint-Malo. Une école de la ville porte d'ailleurs son nom. *Passeports délayés*, recueil de poèmes, a été édité, à titre posthume, par Mélis. Il était un ami du Prix Bretagne.

Saint-Malo !

Daniel GÉLIN

J'avais dix ans. La Cité fabuleuse semblait m'attendre. La place de la Fontaine qui donnait sur le Sillon et, la mer s'étant retirée très loin, une plage immense, déserte en cet automne, d'où venait une odeur d'iode et de varech… Sur le bassin Duguay-Trouin, où se trouvaient les « magasins-docks » de mon père, régnait, à cette époque de l'année, une activité intense : mélange unique de transports maraîchers – charrettes tirées par de solides percherons et débordantes de choux-fleurs, de pommes de terre et d'artichauts –, de camions ou de voitures à bras chargés de rouleaux de cordage, de toiles ou de filets… Des marins, titubant souvent, des dockers assoiffés passaient des bâtiments à quai aux bastringues enfumés. Les superbes trois-mâts aux voiles repliées, qui alternaient avec les hauts chalutiers encore tuméfiés par les intempéries, se laissaient vider la panse de leur chargement de morues séchées plates et salées, posées sur de larges plateaux que faisaient tournoyer dans l'espace les grues métalliques, adroites et méthodiques.

Du bruit partout : celui de la fièvre des retours, du débarquement de cargaisons opulentes et frustes, récompense de tant d'efforts, après tant de dangers et de luttes engagées au milieu des tempêtes implacables, des glaces, des brumes indécises porteuses de « l'Ankou ».

Par la suite, les pieds pataugeant dans la blancheur douteuse des cristaux de sel, je devais souvent revenir contempler ce spectacle. Les navires harassés et les hommes de mer faisaient naître en moi des images venant de Terre-Neuve, du nord du monde.

Nous habitions au deuxième étage d'une maison qui faisait l'angle de la place de la Fontaine et du Sillon. Derrière les croisées à double vitrage, je distinguais mieux encore cette immensité massive dans son enceinte de granit qui partait de Paramé, au noroît, et finissait au suroît, dardant son clocher au milieu des hautes maisons corsaires, comme un défi ou un salut orgueilleux et sacré au ciel et à la mer.

On m'inscrivit aussitôt au collège, célèbre pour la qualité de son enseignement. Beaucoup d'élèves venaient de tous les coins de l'Ouest, fils de commerçants ou de paysans, ceux-ci, évidemment pensionnaires. Les autres vivaient intra ou extra-muros, ce qui était mon cas. Ce collège aux vocations multiples avait à l'époque deux spécialités préparatoires : la marine et la prêtrise, plus particulièrement la mission. Naviguer et convertir…

Les bâtiments du collège étaient situés à l'intérieur de la Cité corsaire, dans la partie surélevée, au nord-ouest, tout près de la cathédrale Saint-Vincent.

Je me rendais au collège à pied par le Sillon. Il m'arrivait d'emprunter la plage, longeant ainsi les brise-lames, pour rejoindre une sortie taillée dans le granit, juste avant la pointe du château. Cette brèche en pente, par où s'engouffre la mer, je l'évitais, lorsqu'à marée basse elle servait de passage aux ramasseurs de goémon. J'ai encore très vive en mémoire l'image de ces tombereaux chargés d'algues brunes ruisselantes, tirés par plusieurs percherons glissant, trébuchant sur les dalles et que les paysans fouettaient en hurlant sauvagement. J'entrais ensuite dans la ville par la porte Saint-Vincent.

L'impression indéfinissable reçue après avoir passé la place Chateaubriand, la sensation de pénétrer dans un univers clos, habité et comme hanté, ne s'est pas amenuisée avec le temps. Un sentiment à la fois païen et sacré, mélange si rare de poésie sans mots, de légende, d'histoire et d'une vie quotidienne active ou rêveuse à laquelle j'avais désormais le privilège de participer.

Dans les rues, le même va-et-vient, peut-être moins dense dans les ruelles adjacentes : des marins venus de tous les coins du monde et dont le vaisseau mouillait au port, blonds nordiques, bruns tannés, soutiers musclés, pêcheurs vêtus de cirés jaunes, officiers fringants, capitaines au long cours de bleu marine vêtus, civils anglais en tweed ou trench-coat, Africains hilares, heureux de l'escale. J'étais étourdi, fasciné par ce mélange de langues et de dialectes que j'entendais, et ce brassage que l'on voit dans tous les ports du monde était ici plus perceptible par l'étroitesse de la rue qui montait devant la cathédrale ou bifurquait jusqu'à la porte de Dinan.

J'étais très jeune, certes, mais que les femmes, magnifiées par le regard des passants, étaient belles et différentes ! Elles avaient encore le teint doré de l'été, blondes aux yeux clairs ou brunes aux yeux pervenche, délicieuses descendantes d'ancêtres nordiques ou espagnols venus parfois de très loin.

Après ce vagabondage dans la foule, ce mystère des ruelles, esplanades, recoins, pentes, ce trouble indistinct des lupanars qui suintaient le péché, cette sensation parfois de prison que décrivit Stendhal, je sentais en moi un besoin d'ailleurs, presque un appel.

Xavier Grall (1930-1981), né à Landivisiau, fut journaliste, romancier, et un poète aux élans rebelles (*Œuvre poétique*, anthologie aux éditions Calligrammes, 2021). Le Prix Bretagne lui a été décerné en 1972 pour *La Fête de nuit* (Kelenn). Un prix décerné pour un poète contemporain porte son nom.

Moderne celtitude

Xavier GRALL

Hameau de la Folle-Pensée ! Village nommé Néant ! Mon pays… Te faire par la harpe et le fusil, contre les renégats, contre les prudents, les Scribes et les cuistres, tous ces chevaux couchés.

J'irai à la mer où ne vont point les chevaux morts ; car elle est l'invite et le principe. Car elle est la vie. Car elle est celtique. Libre…

Paysages qui m'enfantez et que j'invente. Réel imaginé. Le surréalisme a toujours été breton. Paysages qui filez sous mes yeux, je reviens à vous, après un exil de vingt ans en villes françaises. Je vous salue, villages écrasés. Je vous recrée. Et vous me recréez.

Comme Rimbaud, je tends « des cordes de clocher à clocher ». J'inverse la prière de Renan sur l'Acropole. Je tire fierté d'être né chez les Cimmériens aux yeux bleus. J'entre de plain-pied, allègrement, dans la Barbarie. Dans la substance et le rêve.

Voici ma patrie. La seule. Car il n'y a pas de « grandes » et de « petites » patries, comme le prétendent les niaiseries régionalistes ! Je ne mets pas mon identité bretonne dans l'arrière-boutique. Elle est ma devanture, ma parure et ma nature. Bretagne multiple dans son unité secrète.

Ce jour-là, j'ai tout envoyé promener : Sarcelles, les ambitions littéraires, journalistiques. J'avais faim des arbres, des feuilles, des grèves. Et cette envie de chanter ! J'avais soif des fontaines et des sources sous le cresson. Me rouler dans l'herbe. M'offrir aux sables de la mer. Je savais depuis quelques années que j'étais breton, rien que ça, mais tout ça. La guerre d'Algérie avait tué en moi la haute idée que j'avais de la France. Et c'est peut-être une certaine enfance que j'extirpais de mon cœur. Je lui substituais une enfance bretonne à découvrir, à dire, à proclamer. J'allais à la poésie corps et âme. J'allais à la mer…

Pendant un an j'habitais la vieille maison familiale en cette cité du Léon qui avait été la ville des chevaux : Landivisiau. Voyageur en escale ? Mais non, j'avais la ferme intention de vivre définitivement en Bretagne, et d'y mourir. Ce fut d'abord l'assaut d'une étrange mélancolie. Cette demeure que j'avais habitée jusqu'à mes vingt ans, qui avait été le fief de mon père, l'abri de ses dix enfants, cette vénérable maison séculaire où j'avais connu les réunions vacancières, les tourments et espoirs de l'adolescence, il me sembla qu'elle n'en pouvait plus, que le temps, l'abandon l'avaient atteinte. J'aime les maisons humaines. Celle-ci semblait confesser sa fatigue. J'eus beau lui répondre que je venais en Bretagne moins pour quérir mon passé que pour lire et préparer l'avenir, elle s'obstina à me chuchoter, par les craquements de meubles, les plaintes des poutres, qu'il n'y avait pas d'autre réalité que la mort. Et cette année-là les vents d'ouest furent d'une violence inouïe. La grille du portail tomba dans une rafale, le palmier se fracassa sur la pelouse. Mourraient les Bretagnes comme les êtres et les choses ?

Attenante au jardin, la tannerie de mon père. Le terrain ayant été vendu, les bulls monstrueux broyèrent le royaume paternel. « On est tanneurs depuis le XVIIe siècle », avait coutume de dire Joseph Grall, fièrement. Nul de ses fils ne le fut. Il mourut au cœur de l'hiver comme un chêne, cet arbre dont il portait l'odeur et dans l'écorce duquel il avait fait ses cuirs avec ses mains jaunes.

Mes racines que j'étais venu chercher, où étaient-elles ?

A présent, je le sais, elles sont paysannes. Par ma mère. Le Bréou, qui signifie Sortilège, commune du cloître de Saint-Thégonnec. Les David en étaient les rois. Terres humides. Ne me reste que la ressource d'imaginer des sortilèges tristes. La salle était commune. Sur la cheminée, des images saintes. Il y avait sûrement des chiens roux et noirs, des fêtes qui scandaient les saisons et les moissons, et le grand-père qui aimait les études, peut-être lisait-il les classiques sur le banc, près de la croisée. C'est de cette masure cruciforme, fruste, ramassée comme une bête qui se protège des vents, c'est de ce nid d'ardoises et de schiste que tu es né. Et si tu as toujours eu le goût des choses paysannes, si tes narines n'ont jamais pu respirer l'odeur d'un cheval sans délicieusement frémir, si tu n'as jamais pu emprunter un chemin creux sans respirer le parfum des feuilles rouies, si tu n'as jamais su observer une ogive de ferme sans avoir la folle envie d'en passer le seuil, c'est bien parce que le sang des hommes du Bréou n'a jamais cessé de couler dans tes veines.

Kénavo, village de ma mémoire.

Adieu, chevaux d'orgueil. Je crois avoir hérité de vous la propension au songe, le goût des fêtes, un sens ombrageux de la liberté. C'est pour accrocher le soleil que j'ai sondé vos ténèbres et j'ai tiré de votre Bretagne morte l'espérance d'une Bretagne ressuscitée. Généalogie en charpie. Je n'ai plus rien de vous, hormis le luxe du rêve.

Mais Plouziry, Briou ! Les bras de ces villages étreignent mon patronyme qui signifie Sacré. « Vous portez dans votre nom une belle fatalité », me déclara Hervé Bazin. Ce n'est que dans le milieu de ma vie que j'ai réalisé la chance que j'avais, la grâce singulière dans ce monde bouleversé, ethniquement brassé, sociologiquement uniformisé, de porter une identité aussi manifeste, comme inscrite dans l'onde et la feuille, et d'être raccordé par un monosyllabe divin au Moyen Age superbe de la Table ronde.

Les pages rurales sont passées au vent galopant des jours – et ce sont d'autres pages que résolument il faut écrire. La substance poétique se trouve en moi, déposée par les miens, et n'est-ce pas leur être fidèle que de vouloir orienter cette substance vers l'avenir ? C'est pour grimper sur les monts que je descends de Ploudiry. De l'ombre des caveaux surgit l'éclat du bleuet.

Qu'étais-je venu faire là ? N'avais-je pas obéi à Dylan Thomas : « J'ai rêvé ma genèse » ?

Nous mesurions le scepticisme des vieux. Ceux-là s'étaient couchés dans les litières du pouvoir. Ils se détournaient des prophètes libertaires et lyriques qui, tel Jack Kerouac, prédisaient la re-celtisation de l'Occident hors des abstractions idéologiques. C'est en Bretagne que commence l'Europe. Là, non pas des êtres de crépuscule, mais du commencement, des hommes du matin. Contrée de veilleurs et non des dormants. C'est au rostre de Trévignon qu'il faut entendre le triomphe de la mer pour concevoir une autre culture bretonne, européenne, ultra-marine. La création passe par les tempêtes. Il faudra semer dans l'orage. Fox-trot cosmique. Je ne refuse pas le passé de mon pays, mais il n'est rien s'il ne se trouve illuminé par l'esprit du temps présent. Le folklore, cet alibi des esclaves. Sur les vieux chevaux couchés passeront demain les poulains sauvages. J'étais seul et libre et d'une liberté glaciale. La seule réalité est d'essence divine. Elle se dérobe à notre esprit. Parfois au fond de l'ivresse, flamboie la voyance. Illuminé rageur. J'ai dans l'esprit des légendes à faire bramer les biches. Nulle religion ne vaut qui n'est d'allégresse. Vous traînez vos vies comme d'infâmes limaces. Nous serons des réinventeurs de Celtie. « Les valeurs de demain seront issues de la tradition celtique. » Nous sommes la marée et la source. Bretagne lyrique, charmeuse et batailleuse. Nous sommes les inventeurs d'un nouveau *Barzaz Breiz*. C'est en breton que Tristan disait à Yseult « Je t'aime ». Nos femmes diront l'amour dans notre langue. Recréer le monde sur des notes vigoureuses. Debout, vagabond !

Extraits du *Cheval couché*,
choisis et réunis par Claire Fourier

Journaliste et écrivain, Georges Guitton est l'auteur de *Rennes, de Céline à Kundera* (Presses universitaires de Rennes), déambulation érudite dans la ville à travers les écrivains qui l'ont traversée (dont Paul Ricœur et Robert Merle). Il est membre du jury du Prix Bretagne.

Le triomphe des sonneurs

Georges GUITTON

De la Bretagne, aucun souvenir d'enfance. Accouplé à cette terre sur le tard, j'en bénis aujourd'hui deux symboles sensibles : un livre de Flaubert, un air de cornemuse. Ils m'ont introduit au cœur de la péninsule mythique jusqu'alors inconnue de moi.

J'avais vécu sur ses marges lointaines. Mon village du Maine sarthois se trouvait à la fracture du Massif armoricain et du Bassin parisien. Derrière cette ligne géologique se devinaient, loin vers l'ouest, les vieilles montagnes arasées de l'ère primaire. Toute faille est fantastique et féconde. La mienne contenait un vrai filon d'or que l'on exploita naguère. Mon eldorado était ailleurs. Assis au bord du vide, je rêvais de découvrir derrière l'horizon le mystérieux pays des binious, des bardes et des frondeurs.

Un jour, je franchis le fossé et m'installai à Fougères. Je déchantai : ce pays de marches était en tous points semblable à mon Maine natal : même bocage, même langue, même accent, mêmes gens. Sentiment d'être floué.

Un dimanche, un bagad se mit à défiler dans les rues. Le spectacle me semblait « déplacé ». Mais la confidence d'une collègue, « pure » bretonne, m'intrigua. « Cette musique, tu ne peux pas savoir l'émotion qu'elle me procure. Elle m'envahit de larmes et de frissons. A la première note, une vie lointaine, un monde d'avant ma naissance, se met à vibrer en moi, mélange de nostalgie et de joie. » Je compris deux choses à ce discours : qu'un Breton pouvait être en exil en Bretagne, et que le son du biniou était la plus vive des « madeleines ».

Je fus nommé à Quimper. J'allais enfin vivre en ces lieux extrêmes qu'occupait un peuple farouche et légendaire. Ce furent sept ans de bonheur. Journaliste, j'y vécus comme un poisson dans l'eau, sans avoir à me renier. Toutefois, je faillis céder quand, au cours d'une de ces manifestations violentes dont la Basse-Bretagne a le goût, je fus molesté par des petits artisans-commerçants « en colère » aux cris de « bougnoule, retourne dans ton pays ! ». La Sarthe n'est pourtant pas le Sahara.

Je n'eus besoin d'aucun dictionnaire pour adopter villes et campagnes. Une autre bible m'accompagnait : *Par les champs et par les grèves*, le récit du voyage à pied que Flaubert avait effectué en Bretagne en 1847. Muni de ce bréviaire j'entrepris d'arpenter la Cornouaille. A mes découvertes dominicales de Concarneau, Audierne ou Crozon, se superposait le cristal érudit du rire flaubertien comme autant de saccades de vérités lucides et nues.

Mais le livre avait beau être savoureux, caustique et tendre, il était honni des Bretons, chatouilleux sur leur honneur. Quoi ! ce bourgeois de Rouen venu nous toiser comme des sauvages ! Nous insulter en parlant de nos poux, notre odeur, notre saleté, nos tares, nos mendiants, que sais-je encore. Allez, au bûcher !

Pas si vite. Il y a maldonne. *Par les champs*... est une déclaration d'amour. Seulement, Flaubert ne caresse pas dans le sens du poil. Avec les Bretons l'amour vache est de mise, remède amical pour tempérer leur ardeur narcissique. Que le jeune Gustave véhicule les préjugés de sa classe et de son temps, c'est certain. Nulle trace pourtant de mépris dans ses écrits. Au contraire.

Quand il lui arrive de juger les Bretons primitifs, archaïques ou barbares, la méprise consisterait à ne pas voir qu'il s'agit pour lui d'un hommage. L'espèce d'état originel que Flaubert respire sur les chemins de Bretagne est tout ce qu'il revendique pour sa propre personne. Qu'il s'agisse des longs cheveux blonds au déploiement presque érotique d'un jeune homme vu dans la chapelle de Ty Mamm Doué à Quimper (où moi aussi j'ai de beaux souvenirs), ou qu'il s'agisse, au pied d'une statue de la Vierge à Pont-l'Abbé, d'un pieux paysan dont la posture dit « toute la sensualité de son cœur », tandis qu'il étanche sous le regard de Marie son « inextinguible soif de jouir et d'aimer… ».

Ce pourquoi Flaubert me fut un guide et la raison pour laquelle aujourd'hui encore son récit libère intactes dans mon souvenir toutes les sensations de mes années 1980, c'est qu'il semble écrire « contre » la Bretagne. Contrairement à ceux qui font littérature de ce pays, le Normand répugnait à envelopper sa prose dans le miel de la ferveur laudative ainsi qu'à rabâcher l'indécente scie de l'« âme » bretonne. Ce refus est une garantie de clairvoyance.

Sauf quand il parle de musique : nous voici dans le Pays bigouden où le « souffle criard » d'un biniou à la « monotonie glapissante » semble l'irriter. On sait que, retors à la musique, Gustave chante faux alors même que son style traque les fausses notes. A Quimper, il assiste à la Fête-Dieu, procession sans musique, où son œil narquois trouve matière à friser. Comme mélodie, il n'entend de la fête qu'un pompier pissant quelque part dans son dos.

Maintenant Flaubert est parti. Nous sommes à la fin du XXe siècle, au festival de Cornouaille, où je ne suis pas sûr qu'on ne puisse entendre un individu uriner à même la rue. C'est ici le clou inarrachable de mon souvenir. Il tient en quelques minutes qui résument la rumeur enchantée de ces années-là. Je veux parler du triomphe des sonneurs, l'apothéose de la fête, des centaines de musiciens progressant d'un port altier, martial et victorieux sur le quai de l'Odet pour une ultime parade. La musique, avec l'incroyable puissance de feu qu'alimente le groupe assemblé, déchire le ciel, fait entrer murs et sol en vibration tandis que le public frôle la lévitation. Je comprends désormais mon exil de Fougères, un mystère sourd de cette clameur divine, dont on ne connaît pas la clé.

Le triomphe rejoue chaque année la victoire de l'homme sur le chaos. Chaque fois l'événement est menacé de mort : aura-t-il lieu ? Non, des chicanes, des fiertés de jeunes coqs, des susceptibilités de canton, des préséances obscures. C'est un psychodrame dont la ville bruisse dès l'aube, une dramaturgie attendue que l'on s'invente pour attiser le désir afin que le moment venu le cortège fabuleux advienne comme un miracle.

Encore quelques minutes de désordre, celui de la cacophonie des accordages. Soudain l'heure est arrivée : l'ébranlement ordonné de la troupe, le triomphe du faire ensemble, la joie de l'unisson, et par-dessus tout cette folle résonance venue d'outre-monde, comme le cri primal de tout un peuple.

Après cela, aspiré par l'appel des cornemuses, en quête d'un hypothétique savoir, je tentai l'impossible : m'enfermer pendant des heures dans le théâtre de Quimper pour suivre à huis clos les épreuves d'un concours cornemuse-bombarde. Religieusement, sans bouchons d'oreille, stylo aux aguets, je restai dans la salle déserte à noter scrupuleusement les performances des sonneurs qui se succédaient sur scène, cela sous le regard ébahi des experts en musicologie bretonne.

Quand vint le moment de quitter la ville, j'entendis monter de l'escalier le fracas d'une cornemuse. Maintenant au garde-à-vous devant mon bureau, deux sonneurs amis me tendaient un album 33 tours à la pochette ornée d'une dédicace écrite à main : « A l'homme qui a su comprendre notre musique ».

J'étais un imposteur mais au fond honoré d'être adoubé par la confrérie. C'était le temps de l'adieu à Quimper, du regret que ma fille, alors enfant, ne puisse comme elle le voulait apprendre la cornemuse, et moi en être fier.

Jamais je n'ai écouté le disque de mes chers sonneurs. Je sais qu'ils me pardonnent. Leur musique n'a de sens que sur la terre d'où elle naît, vibre, exulte et geint, comme la plaie d'un labour écorché de frais. Hors sol, elle ne peut s'*entendre*. Seul le souvenir la ressuscite. Et sa force en est redoublée.

Stéphane Hoffmann est écrivain et journaliste. Son dernier ouvrage a pour titre *On ne parle plus d'amour.* Il a été lauréat du Prix Bretagne 2008 pour *Des filles qui dansent.* Ces deux ouvrages ont paru chez Albin Michel.

Lumières

Stéphane HOFFMANN

Je n'ai rien contre l'Alsace.

Pourtant, depuis mon enfance, j'entends : « Hoffmann, c'est alsacien, non ? Vous êtes de Strasbourg ? De Colmar ? J'ai de la famille, là-bas : Schmalzigaug, vous connaissez ? »

Parfois, par flemme d'expliquer, je dis au quidam que oui, parfaitement. Et le quidam, enchanté.

Mais quand je me redresse : « Pas du tout, je suis breton, voilà ma gloire, mon espérance et mon soutien ! », je vois le type prendre ses distances comme devant une huître pas fraîche ou un député centriste. Je passe alors pour un gars louche. Parce que je m'appelle « Stéphane Hoffmann », jamais je ne serai considéré comme un Breton à part entière ; ce qui n'eût pas été le cas si j'étais né Alouarn Le Strat, Fañch Kergozien ou Nicolazic Le Bobinnec, ce à quoi il m'est arrivé de rêver.

Pas longtemps.

Il y a pire : émigré autrichien de la cinquième génération, je suis né à Saint-Nazaire, c'est-à-dire en Loire-Atlantique.

La Loire-Atlantique est-elle en Bretagne ? On en discute depuis l'invention de l'administration, ce chiendent vivace étouffant jusqu'aux meilleurs esprits. Administrativement, elle n'est pas bretonne ; historiquement, culturellement, toponymiquement, elle l'est. A vous de choisir ce que vous préférez. Pour moi, la Bretagne va jusqu'à la Loire ; dès qu'on passe le fleuve, tout change.

Ainsi la Bretagne est-elle pour moi à la fois une terre natale et une terre promise. J'en viens et on me dispute cette identité. Cela pourrait être une souffrance si j'aimais souffrir. Mais souffrir m'assomme et je me fiche de leurs arguments.

Breton je suis, breton je reste.

D'autant plus que, à part quatorze années passées dans ce parc de loisirs puant qu'est devenu Paris – j'y ai fait une partie de mes études, puis vécu auprès d'une Parisienne, d'ailleurs native de Lorient, si mes souvenirs sont bons –, j'ai toujours vécu en Bretagne. A Saint-Nazaire, Vannes, Nantes et, depuis près de vingt ans sous Redon, sur les rives de l'Isac, à la lisière ouest de ce dernier vestige de Brocéliande qu'est la forêt du Gâvre pleine de chevreuils, biches, cerfs, lutins, fées malicieuses, ogres au régime, farfadets et fontaines miraculeuses.

Je suis breton, et je dis bien des choses à qui le contesterait.

Ayant peu quitté la Bretagne, je suis donc embarrassé pour indiquer ce qui me la rappelle. « Tout m'est bonheur », disait la comtesse de Paris, cette grande philosophe contemporaine. De même pourrais-je dire : « Tout m'est Bretagne », de la manière dont l'entendait

Félicien Marceau, dont la grande idée sur les voyages est la suivante : « Partout, c'est la Bretagne. »

« J'ai retrouvé Concarneau à Almuñécar, écrit-il à Michel Déon[1], Christine de Rivoyre a retrouvé Pont-Aven dans l'Etat de New York. Et, bousculé presque dans ses derniers retranchements, Christian Millau a fini par convenir qu'à Saigon, parfois il avait cru reconnaître Audierne. Grâce à l'étrangeté de mes lectures, je découvre dans les mémoires de Fernand Gregh ceci qui va loin : "La Pointe des châteaux, ce morceau de Bretagne accroché à l'une des extrémités de la Martinique." »

A quoi Déon, amusé mais tout de même peu convaincu, répond : « Je prends bonne note de votre grande idée sur la Bretagne universelle. Mais je suis désolé de n'apporter que très peu d'eau à votre moulin. » Il lui concède juste l'Irlande, « mais c'est vraiment trop facile, cette île n'étant qu'un morceau de Bretagne parti à la dérive. On y parle d'ailleurs la même langue ». Il se rappelle aussi avoir rencontré, à Sintra, un Breton qui tenait un hôtel. « C'est un Vannetais. Mais il a une tête de Suédois. »

A force de respirer de l'air breton, de boire de l'eau bretonne, de me nourrir de pâté Hénaff et d'andouille de Guémené et d'écouter la musique de Didier Squiban, je me demande si tout en moi n'est pas breton ; à part mes chiens, qui sont suisses, et mon nom, qui vient du Vorarlberg.

Et je sais aujourd'hui ce qu'a pour moi la Bretagne de singulier : ce sont ses lumières et les changements

1. Lettre du 10 mai 1959, in *De Marceau à Déon, De Michel à Félicien,* Gallimard, 2011, p. 30.

qu'elles imposent à l'humeur comme au rythme de nos jours.

On ne résiste pas aux lumières bretonnes. Lentement, elles s'imposent par leur douceur et leur force, leur subtilité comme leur violence, leurs fluctuations et leur permanence. Avec elles, tout change, rien ne bouge et c'est nous qui en sommes modifiés puisque nous en sommes baignés.

Les lumières bretonnes sont particulières : elles ne sont qu'en Bretagne et renouvellent ce qu'elles éclairent – arbres, champs, maisons, rochers, calvaires, bêtes et gens, ainsi recréés pour qui les regarde. C'est nos coups d'œil qu'elles modifient et, avec eux, nos sensations, songes, pensées et bientôt notre personnalité, pour ne pas dire notre âme.

Les beautés des paysages bretons naissent pour beaucoup de leurs lumières. Par leurs variations, par la manière dont elles relient la terre, la mer et le ciel, elles ont un effet sur la vision du monde et invitent à voir toute chose en mouvement.

Cela explique pourquoi la Bretagne produit peintres, sculpteurs, poètes et rêveurs. Les premiers fixent l'émotion de l'instant pour la transmettre, les deuxièmes chantent les vibrations de l'âme, les derniers vivent l'instant présent et attendent avec ferveur le suivant, qui peut le prolonger ou le contredire : un soleil, un nuage, un coup de vent, un soleil puis une averse dans des lumières chaque fois nouvelles : aucune revue de music-hall n'offre une telle succession de tableaux devant lesquels il est bon de s'étirer comme un chat.

Jamais les lumières bretonnes ne se sont pour moi mieux reflétées que sur les bronzes, bois, schistes, onyx, granit ou marbres des sculptures de Jean Fréour, dont je n'ai jamais compris notre lien de parenté – un cousin germain de ma grand-mère paternelle ? – et que nous allions, dans mon enfance, souvent visiter dans son atelier de Batz-sur-Mer.

Jean est mort voici dix ans, ayant essaimé un peu partout l'esprit des Seiz Breur – ce groupe d'artistes qui, pendant l'entre-deux-guerres et un peu après, ont donné un caractère breton à l'Art déco.

On peut, de lui, voir la duchesse Anne à Nantes devant le château des Ducs, des laveuses d'huîtres à Cancale, Glenmor dans les jardins du Thabor à Rennes, La Rouërie à Fougères, sans oublier d'innombrables calvaires, nativités, descentes de croix et presque tous les saints du calendrier, car l'inspiration chrétienne baignait le talent de Jean Fréour, qui faisait sienne la fière devise des Seiz Breur :

« Rien ni personne ne nous empêchera de marcher vers le but. Vent arrière, vent debout, Seiz Breur, tout droit ! »

J'aimais Jean Fréour. Il était humble, très drôle, d'une indépendance farouche et se fichait de la gloire et de la célébrité comme des honneurs. Jusqu'à plus de quatre-vingt-dix ans, il est resté dans son atelier de Batz, refusant d'installer le téléphone mais accueillant tous ceux qui carillonnaient au portail.

Même moi.

Depuis qu'il est mort, je regarde toujours le soleil danser sur les statues qu'il a laissées. Notamment Notre-Dame de la Mer à Mesquer, le Bon Pasteur à Bouvron, la paludière près du musée des Marais salants de Batz-sur-Mer, les danseuses dans l'escalier du Palais des

Congrès de La Baule, ou la statue de Pierre Bouguer sur le port du Croisic.

Et ma vie danse aussi.

Car en Bretagne, le soleil a du tact : il n'impose ni sa tyrannie ni son ennui. Cet ennui du soleil punaisé sur un ciel bleu n'est pas pour nous.

Je préfère un ciel gris, riche en lumières en Bretagne, à la monotonie du soleil partout ailleurs.

Et quand je suis loin de ces lumières de Bretagne, tout devient sombre pour moi et je m'éteins.

Stéphanie Janicot est membre du jury du Prix Bretagne. Native de Rennes, elle est rédactrice en chef dans le groupe Bayard Presse. Elle a publié vingt ouvrages, dont le dernier s'intitule *L'Ile du docteur Faust* (Albin Michel).

Sur la lande comme dans un rêve

Stéphanie JANICOT

Enfance… Mon père me lisait les légendes des chevaliers de la Table ronde. Tour à tour, il imitait Arthur, Gauvain, Lancelot… Ma mère avait cousu pour moi une robe de fée, assortie d'un chapeau pointu et d'une baguette terminée par une étoile dorée. Dans la lande qui bordait la maison de mon enfance, petite Viviane de cinq ou six ans, je cherchais Merlin. Parfois, le dimanche, nous poussions un peu plus loin dans la forêt, partant en quête des fontaines magiques et du tombeau mythique. Dans les années soixante-dix, lorsque Brocéliande s'appelait encore forêt de Paimpont (les locaux n'ayant pas encore pris conscience du potentiel touristique attaché au nom sacré), rien n'était balisé et la promenade relevait du jeu de piste, du hasard et de la fiction.

Nous tentions de nous repérer grâce aux obscures explications du *Guide de la Bretagne mystérieuse*. La plupart du temps, nous rentrions bredouilles. Aucun rocher ne s'approchait des descriptions de l'hotié de Viviane ou du tombeau de Merlin. Le rose des roches, le jaune des genêts et ajoncs de printemps, le vert entretenu par les pluies pouvaient, selon le bon vouloir du ciel, rayonner sous le soleil ou disparaître sous les brumes. La beauté de la promenade, je l'ai compris beaucoup plus tard, était sans doute le but premier de mes parents. Le jeu de piste, leur manière d'éveiller mon intérêt et d'obtenir ma patiente collaboration à leur excursion dominicale.

Adolescence... En classe de première, le garçon dont j'étais amoureuse étudiait le breton (en option : ce qu'on appellerait aujourd'hui LV3). Dans un même mouvement de retour aux sources, la Bretagne centre s'interrogeait sur la meilleure façon d'utiliser le besoin de rêve des promeneurs pour faire fructifier sa terre belle et ingrate. Quelques malins avaient pensé qu'en coupant l'herbe sous le pied des touristes, on pourrait tirer parti de la lande et de la forêt. Un balisage a fleuri çà et là pour indiquer la marche à suivre. Ici la fontaine de jouvence, là le tombeau de Merlin.

Peine perdue : aussitôt posés, les panneaux disparaissaient. Le temps d'élaborer quelques histoires autour du mystère des esprits celtes, l'énigme était résolue. Ce garçon bretonnisant me confia lui-même qu'il se rendait sur la lande le dimanche pour dérober la signalétique. A quoi bon la fontaine de Barenton si on est certain de la trouver en trois quarts d'heure de marche ? Puis, nous avons vieilli. Je suis partie à Paris et lui à Nantes. Le domaine de Paimpont s'est métamorphosé un été en pays de Brocéliande. Il n'y avait plus personne pour croire encore que le rêve devait se mériter.

Et pourtant, il perdure, car tout est question d'imagination. J'ai longtemps été capable de me perdre en dépit des parkings balisés, de me tromper de côté, m'enfoncer dans la partie droite de la route quand j'aurais dû la traverser pour prendre à gauche. A plusieurs reprises, j'ai marché des heures sans rien trouver. Par la suite, j'ai acquis des réflexes pour ne plus m'égarer. Mais cela n'a pas altéré mes rituels. Il n'est pas un été sans que je rende visite au château de Comper qui borde le lac où Lancelot a grandi.

Sur le tard, Brocéliande a fait irruption dans ma fabrique de fiction. Ma lande s'est imposée dans *La Mémoire du monde*, qui était surtout ma mémoire historique subjective. Je recherchais alors à travers l'évolution de la pensée collective la réponse à cette banale question : Pourquoi je pense comme je pense ? Le monothéisme égyptien, les Hébreux, la philosophie grecque, l'influence romaine, j'ai fouillé partout mais cela n'a pas suffi, et la Bretagne est apparue, l'Enchanteur, le Graal, les chevaliers, la Table ronde, les fées… rien de ce qui est mystérieux (et bien des choses le demeurent, c'est la source même de notre activité car nous n'écrivons que pour ce que nous ne connaissons pas encore) ne saurait échapper au souvenir de Merlin. L'invisible venu des brumes des bois s'est imposé nettement lorsque j'ai voulu écrire sur les sorcières. L'histoire ne pouvait avoir lieu qu'aux forges de Paimpont, là où, un temps, nous avions possédé un morceau de forêt.

J'ai conduit auprès des mégalithes portant le nom de l'Enchanteur presque tous ceux qui sont venus me visiter dans ma maison bretonne : des Anglais, des

Américains, des amis, ma fille et ses copines. Et j'ai su que, signalétique ou non, le plaisir restait une affaire personnelle. Il y a ceux qui masquent à peine leur déception : Quoi, ces trois cailloux, le tombeau de Merlin ? Ce filet d'eau sale, la fontaine de jouvence ? Il y a ceux qui apprécient poliment la balade : Les couleurs sont belles ! Magnifique région, n'est-ce pas ? Et puis, il y a ceux qui s'envolent. Ils marchent sur la lande comme dans un rêve. J'ai même eu une amie comédienne, capable d'entraîner dans une ronde incantatoire assortie de signes démentiels tout un groupe de touristes ébahis, plantés comme nous, devant la fontaine censée leur rendre leur jeunesse. Eux, au moins, conserveront longtemps un souvenir enchanté de leur visite de Brocéliande. Ce jour-là, c'était comme si Viviane avait surgi des bois pour nous jouer un drôle de tour.

On ne pense pas spontanément à associer humour et légendes arthuriennes. Le Breton est, à première vue, un brin austère. Certains spécialistes de la légende arthurienne veillent jalousement sur son ésotérisme. Qu'importe… Je me souviens, lorsque mon père me lisait les légendes des chevaliers de la Table ronde, il me faisait toujours beaucoup rire.

Hervé Jaouen, né à Quimper, est écrivain, nouvelliste et scénariste, amoureux de l'Irlande et de la Bretagne. Son dernier livre est *Retour à ma nature* (Les Presses de la Cité). Il a été membre du jury du Prix Bretagne.

La maison jaune

Hervé JAOUEN

Près de l'église de Locmaria, à Quimper, au bord de l'Odet, il y a un jardin de simples où, à marée basse, l'odeur du goémon étalé sur la vase l'emporte sur les fragrances des plantes aromatiques, et cette odeur, que d'aucuns nommeraient relent mais qui pour moi est aussi un parfum, à chaque fois, dans cet endroit, me transporte très loin en amont de la vie, en compagnie de mon copain Jacot. Nous avions une dizaine d'années, fous de pêche à la ligne nous avions décidé de prélever notre part de mulets parmi ces bancs qui remontaient le fleuve en été.

Du haut des quais, en ville, nous les avions classés en deux catégories : paresseux et actifs, en supputant que c'étaient peut-être les mêmes qui mettaient fin à une sieste lymphatique et s'autorisaient un quart d'heure colonial, en fonction du flux et du reflux.

A marée haute, les paresseux tapissaient la surface, le museau hors de l'eau à attendre que le courant dépose dans leurs gueules de bâilleurs dyspepsiques quelque débris flottant à mâchouiller. Ils gobaient comme des loukoums la mie de pain que nous leur jetions d'un pont, mais c'était tintin pour les leurrer avec une boulette de ce même pain pétri de salive et pressé autour de l'hameçon triple. Ils bisoutaient l'appât, la boulette se désagrégeait et les miettes dérivaient dans les entonnoirs de ces pères peinards. On râlait : bande de salopards, allez vous faire voir !

Les actifs se comportaient comme des truites énervées. On pouvait presque dire qu'ils chassaient, tellement ils se démenaient. En été, à l'étiage de basse mer, l'eau était si claire que le lit de la rivière semblait avoir été mis sous verre, fractionné par les ponts et les passerelles en autant de vitrines d'un muséum d'histoire naturelle dédié à l'observation des mulets dynamiques et fantasques. On les croyait occupés à suçoter la mousse quand soudain, pris de frénésie, ils fonçaient par le travers, formaient une escouade d'agités, zigzaguaient, stationnaient un instant, et à on ne sait quel signal se dispersaient, et le ballet recommençait. Ces mulets-là, qui ne tenaient pas en place, ne mordaient qu'à la gravette, avait-on entendu dire.

Jacot se renseigna. De la gravette, on en trouverait près de la passerelle tournante qui reliait les quartiers de Locmaria, rive gauche, et du Cap-Horn, rive droite. Côté Cap-Horn, la rive aménagée en chemin de halage n'était pas propice à notre recherche. Côté Locmaria, la berge avait gardé son profil naturel. Nous garâmes nos vélos contre le pignon d'une grande maison jaune et marchâmes vers les creux et les bosses de l'espace vaseux que nous allions bêcher.

Nous ne craignions pas de nous enfoncer dans la vase. C'était la compagne de nos après-midi balnéaires sur la bien nommée plage des Gueux, en aval de la ville un ruban de sable et de gravier au bord de la baie de Kerogan où se rendaient les va-nu-pieds qui n'avaient que leurs jambes pour aller barboter dans l'eau saumâtre, tandis que les enfants des rares propriétaires de 203 Peugeot, de Dyna Panhard ou de 4 CV jouissaient, eux, des plages de sable fin du Cap-Coz, de Beg-Meil et de Bénodet, dans notre imaginaire de gamins aussi exotiques et inatteignables que les atolls d'Océanie.

A la plage des Gueux, quand nous ne pataugions pas en essayant d'apprendre à nager, nous canotions. S'étant joint à notre duo, le fils du garage Simca nous gonflait une chambre à air de camion que nous roulions à travers champs jusque dans un bois de pins où nous avions planqué les planches et les bouts de corde d'un radeau à reconstituer sur lequel, à l'étale de haute mer, nous embarquions, avec pour pagaies des chutes de contreplaqué grossièrement découpées à la scie égoïne. Nous traversions la baie, au risque d'être surpris par la marée descendante et entraînés dans l'estuaire de l'Odet. Et de là, aux Amériques ? On se disait : Pourvu que ce soit en Amérique du Nord, à New York, par exemple. En Amérique du Sud, nous mourrions sous une pluie de fléchettes empoisonnées au curare et les Indiens nous couperaient la tête. Nous en avions de doux frissons d'épouvante.

Plus d'une fois il nous était arrivé de nous tromper de repères et de courir nous jeter à la baille en dehors du maigre gué de sable et de gravier. Nous en ressortions tartinés et n'avions pas l'impression d'empester. La lise sentait le goémon chauffé au soleil, somme toute une bonne odeur de bains de mer, de nos bains de mer à nous, les gueux.

A Locmaria, la vase était d'une qualité supérieure. Sous la pellicule grisâtre, nous creusions une boue noire comme du coaltar. Des bulles crevaient et nous envoyaient à la figure une puanteur d'autant plus corsée que, pliés en deux pour soulever les cailloux et gratouiller autour avec une binette à manche court, nous avions le nez dedans. Narines pincées d'une main, de l'autre nous fîmes une razzia de ces espèces de mille-pattes de l'estran. Jacot accrocha notre seau au guidon de son vélo et nous nous hâtâmes de filer à la force de mollets encroûtés de jambières puantes, pas fâchés de fuir cet endroit menaçant. Tout en arpentant la vase d'un pas d'échassiers, nous nous étions monté le bourrichon.

On racontait que là-bas, dans le petit bois de Lanniron, des types se promenaient à poil sous leur imper, vous montraient leur quéquette et vous proposaient des Carambar pour les suivre dans les fourrés. Plus près, un immeuble représentait un terrible péril contre lequel les ragots de cour de récréation nous avaient prévenus : à l'intérieur de la caserne Emeriau, un ancien prieuré et prison pendant la Révolution, logeait une population farouche de descendants de pirates, dont la marmaille grimée comme des Sioux sur le sentier de la guerre vous détroussait sans pitié si par malheur vous empruntiez le coupe-gorge d'une ruelle aux pavés déchaussés sur laquelle donnaient de hautes fenêtres coupées en deux par le plancher de mezzanines où l'on apercevait, comme suspendus à mi-hauteur, des lits – des paillasses de flibustiers ?

Quant à la maison jaune, elle était simplement inquiétante. Mystérieuse. Par destination. Imprégné de la lecture du *Lotus bleu* reçu en récompense d'un bon livret scolaire, j'imaginais des schooners remplis de charbon gallois que déchargeaient des coolies qui entraient et sortaient de cette villa asiatique – toit à quatre pentes tuilé, balcons en bois et croisées à petits carreaux derrière lesquelles des ombres peignaient des dragons bleus sur des jarres coquille-d'œuf, chromo dissimulant une réalité : la maison jaune abritait un atelier de faïencerie.

Réel aussi, du moins dans mon esprit, ce souvenir de deux étudiants en veste de velours, lecteurs récents des *Scènes de la vie de bohème* d'Henry Murger, jouant les artistes fumeurs de pipe, l'un littéraire, le second peintre en devenir. Bien entendu, mon ami dessinateur illustrerait mes œuvres, et nous deviendrions célèbres de concert.

Je nous revois entrer dans la maison jaune sur la foi d'une rumeur selon laquelle à l'étage s'était ouvert un bar louche où jeter notre gourme. Je revois trois filles court vêtues juchées sur les tabourets d'un bistrot de brousse, trois fleurs de jungle écloses dans une forêt de palmiers nains, de ficus et de philodendrons, image onirique, probable réminiscence d'un puissant rêve de collégien en proie aux pollutions nocturnes. Dans ma mémoire, ou mon fantasme, ces dames nous avaient maternellement éconduits. On m'affirme que ce troquet n'a jamais existé, et c'est indubitable. La faïencerie n'a fermé ses portes qu'en 1980.

Le plus étrange, c'est que la maison jaune fut une guinguette au début des années 1920, soit un quart de siècle avant ma naissance. Avant ma naissance ou ma *renaissance* ? J'ai voyagé dans le temps.

Jean-Paul Kauffmann, né à Corps-Nuds, en Ille-et-Vilaine, est journaliste-reporter et écrivain, maintes fois primé. Son dernier ouvrage est *Venise à double tour* (Editions des Equateurs). Il a reçu le Prix Bretagne 2007 pour *La Maison du retour* (NiL Editions).

L'orgue de Corps-Nuds

Jean-Paul KAUFFMANN

Si je n'étais pas devenu journaliste, j'aurais voulu être organiste.

Tout a commencé dans l'église paroissiale de Corps-Nuds, en Ille-et-Vilaine. Dès l'âge de sept ans, j'y ai passé une bonne partie de mes journées. Non seulement je devais chaque matin servir la messe du curé puis de son abbé, mais j'étais astreint aussi aux nombreuses cérémonies telles que mariages, baptêmes, obsèques sans oublier l'extrême-onction où j'accompagnais le prêtre en agitant la clochette. Cette église de village a fait mon apprentissage littéraire, artistique et musical. Pour l'imaginaire, j'y ai appris plus qu'à l'école. Il est probable que ce sanctuaire m'a permis de trouver ma voie en développant les capacités d'observation et d'écoute. En révélant surtout des choses dont j'apprendrai le sens plus tard. Cette église est à la source de ma représentation du monde, même si le mot est bien pompeux pour désigner l'éveil sommaire à une forme d'entendement et de sensibilité. Ce n'est pas faire injure à mes géniteurs, qui exerçaient dans cette commune rurale le métier de boulanger-pâtissier, d'affirmer que je bénéficiais, comme aurait dit Bourdieu, d'un maigre capital culturel.

Ils en avaient eux-mêmes pleinement conscience. Aussi se donnèrent-ils beaucoup de mal pour me permettre d'acquérir dans ce domaine des ressources alors proches de zéro. Néanmoins ces moyens n'étaient pas inexistants. Infimes certes, ce qui ne veut pas dire insignifiants. Cet acquis, aussi parcimonieux qu'il fût, je le dois à l'église de mon enfance. Dans cet édifice j'ai appris à réfléchir et à ressentir. Ressentir surtout, qui constitue pour moi la substance même du catholicisme romain, religion de la chair et de l'incarnation, toujours experte à favoriser le corps et l'éveil des sens. Le faste, le décor, le rapport à l'image, au visible, au spectacle, le parfum de l'encens, les chants, ce monde me paraissait enchanté. Cette pompe assez insolite devait beaucoup à un ecclésiastique formé à Rome qui mystérieusement avait atterri en 1945 dans cette cure de deuxième classe. Il terrorisait les paroissiens en les menaçant de l'enfer éternel mais savait contrebalancer cette intimidation par une magnificence et un sens esthétique qui tranchaient avec un environnement peu remarquable. Mon village n'était pas laid, il était standard, archétype du bourg de Haute-Bretagne avec ses pierres sombres de schiste. Exception de taille, l'église de style romano-byzantin édifiée à la fin du XIXe siècle. Son extraordinaire clocher à bulbe continue encore aujourd'hui d'intriguer les visiteurs. Pendant l'Occupation, il aurait servi de décor à un film tourné par les Allemands simulant la plaine russe.

Dans tout ce merveilleux chrétien qui éblouissait l'enfant que j'étais, l'orgue de l'église occupait une place particulière. Il n'accompagnait pas seulement les offices mais tenait un rôle souvent indépendant et même inhabituel car il échappait au rituel. Dans l'improvisation, il arrivait que l'organiste prenne la clé des champs, brodant des thèmes, pastichant des airs connus et parfois profanes. Il est vrai que l'instrument particulièrement expressif se prêtait à la fantaisie et au brio. Il avait été construit à la fin du XIXe siècle par un facteur d'orgues alors mondialement connu, Joseph Merklin, originaire du pays de Bade. Installé à Paris après la guerre de 1870, il jouissait d'un grand renom pour avoir restauré les orgues de Saint-Eustache et inventé un procédé révolutionnaire dans le dispositif grâce à la toute nouvelle apparition de l'électricité.

Cet organiste inspiré, qui savait si bien mettre en valeur l'orgue de Merklin, se nommait Francis Marchand. Issu d'une famille de paysans de Corps-Nuds, il suivait ses études au séminaire. Je lui dois ma première émotion artistique. L'assistance ne le voyait pas, l'orgue étant situé derrière le maître-autel. Ma position d'enfant de chœur permettait de me déplacer à ma guise. Je ne me privais pas de l'observer. Mal entretenue, la mécanique était déréglée et dure. Quand je m'approchais, le clavier à l'ivoire usé grinçait, on percevait le battement des touches, le pédalier dont il aimait se servir cognait, rendant un bruit disgracieux. Les fidèles dans la nef ne se doutaient pas des prodiges qu'il fallait accomplir pour tirer de l'instrument les meilleurs accords. Ils n'entendaient que la cadence parfaite des morceaux, le sens de la mélodie, bluffés surtout par la virtuosité de l'enfant du pays. A la fin de la grand-messe, Francis se déchaînait, l'orgue se mettait à tonner, l'exécutant usait de tous les effets de combinaison pour faire éclater les jeux de l'instrument. Je frémissais en entendant cette musique. Elle me semblait sans limite. Envoûtés, les paroissiens ne parvenaient pas à s'extraire du sanctuaire et traînaient des pieds vers la sortie.

Depuis cette époque, l'orgue me met dans tous mes états et me plonge dans un degré d'exaltation incontrôlable. Lorsque j'entre dans une église et qu'on y joue de l'orgue, une sensation qui ressemble à de l'ensorcellement s'empare de moi. Il est possible que ce phénomène qui déclenche cette étrange réaction tienne au destin de l'organiste qui me révéla un monde inconnu.

Nous étions en pleine guerre d'Algérie. Son sursis ayant expiré au terme de ses études, Francis Marchand avait été mobilisé et fut tué au cours d'une opération. Il avait le grade de lieutenant. J'ai assisté à son enterrement dans l'église de Corps-Nuds le 10 juillet 1958. Le drapeau tricolore couvrait le cercueil. J'avais quatorze ans. Je n'étais plus enfant de chœur. La période bénie de mon enfance allait s'achever ce jour-là…

Elisabeth Laureau-Daull, écrivaine, est née à Orléans. Elle a enseigné les lettres et la philosophie. Elle est secrétaire du Prix Bretagne. *Et l'ombre s'est épaissie* (Diabase) est son dernier roman.

Un peu de l'âme bretonne

Elisabeth LAUREAU-DAULL

Je vais vous dire un conte aimable
Vous le croirez, il est croyable,
Il n'y a dedans rien de faux
Sinon, peut-être, un ou deux mots...[1]

Alsacienne par mon père, tourangelle par ma mère et beauceronne par accident, mon histoire est tout sauf bretonne, forcément. C'est par les livres que ma rencontre avec la Bretagne s'est faite, et elle s'est faite en deux temps.

La première fois, je devais avoir huit ou neuf ans, j'étais consignée dans ma chambre pour cause de rougeole ou d'oreillons. Mon père, qui parlait peu et m'aimait beaucoup, avait déposé un matin sur mon lit *La Légende de la ville d'Ys* en disant : « Cela te changera des *Malheurs de Sophie*. » Puis il avait déclamé en s'en allant : « Dur est le vent, large l'océan… » Ce qui

1. Pierre-Jakez Hélias, *Le Cheval d'orgueil.*

était au mot près, je le découvrirais, ce que le vieux barde de la légende chantait, « avec de tels accents et en harpant de telle manière qu'on ne pouvait l'ouïr sans pleurer doucement... ». Moi, j'avais pensé que mon père était poète, tout simplement.

Je me souviens encore de la couverture cartonnée. Rien à voir avec certains albums laidement illustrés qu'on offre aujourd'hui aux enfants. Une couverture austère, au contraire. Le titre en capitales noires et la frise noire aussi, un entrelacs de *triskells*, je le sais maintenant. J'avais ouvert le livre et m'étais noyée dedans. Je ne savais pas que la légende d'Ys allait nourrir non seulement ma fièvre du moment mais aussi mes cauchemars et mes rêves pendant longtemps.

Cette légende ne se raconte pas. Qui ne connaît l'histoire de la cité mythique, engloutie parce que les mœurs de sa princesse ne plaisaient pas à Dieu ? Qui n'a lu à son propos une exégèse historique, ou du moins une interprétation, symbolique ou psychanalytique ?

Autant le dire tout de suite : je n'ai pas aimé Gradlon. Ce roi de Cornouaille, *prisonnier d'amour* depuis que Malgven, la reine aux cheveux de feu, l'avait *baisé aux lèvres*, je le trouvais faible, pleurnicheur et pas royal du tout, et je ne comprenais pas que Corentin et Guénolé, qui n'étaient pas encore des saints, plaident avec entêtement sa cause auprès du Créateur. Qu'il suffît, pour être sauvé de l'enfer, de construire une église ou un monastère me semblait un marchandage indigne. Comme quoi on peut être une gamine et douter de la justice divine.

En revanche, j'ai aimé avec passion Dahut, la fille que lui avait donnée Malgven. Dahut la transgressive qui « offensait Dieu par ses parures et vêtements, raillait les clercs et tournait en moquerie les meilleurs enseignements », Dahut la magicienne qui livrait à l'océan ses amants « endormis sous ses embrassements ». Et j'ai pleuré quand, à la fin de l'histoire, les flots l'ont engloutie aussi.

Quand je fus guérie, j'ai réclamé à cor et à cri d'aller à Douarnenez. Ma mère s'est étonnée : « Douarnenez, quelle drôle d'idée ! — Je veux, ai-je dit en régurgitant les mots que la légende m'avait appris, entendre bruire la cité disparue ; je veux, en m'inclinant sur la vague rugissante, entrevoir Dahut. » Mes parents, bien que médusés, n'ont évidemment pas cédé. Mais j'ai eu droit au Noël qui a suivi à quelques ouvrages enluminés qui parlaient de la Bretagne, de ses mers à tempêtes, du goémon de ses plages, de ses falaises, de ses phares, de ses îles, de ses landes, de ses vents, de ses calvaires, de ses fées et de ses korrigans…

Et c'est ainsi que je me suis rêvée fille d'un pays où je n'étais jamais allée.

La seconde fois, mes fièvres d'enfant étaient oubliées et mon taiseux de père s'était tu depuis longtemps. C'était durant l'été 1976. Un été caniculaire pendant lequel j'avais fait le tour de la Bretagne et lu *Le Cheval d'orgueil* récemment paru. Avec cette autobiographie, j'étais loin de Dahut, l'inoubliable Lilith bretonne. Pierre-Jakez Hélias y décrivait le quotidien du Breton, sa semaine et son dimanche, ses travaux et ses saisons, sa religion et ses pardons… Pas de place pour le fantasme. *Voici comment cela se passait, voilà comment c'était.* Une précision qui ne laissait pas de place non plus pour l'émotion et je crois que je le regrettais.

Me manquaient sans doute la harpe et la poésie d'un vieux barde à la barbe fleurie.

Avant de rentrer à Paris, j'ai décidé de faire un détour par Pouldreuzic où Pierre-Jakez était né et où il avait passé son enfance. J'imaginais que je verrais sur le pas de sa porte Marie-Jeanne Le Goff, sa mère, harnachée en Bretonne et grandie par sa coiffe bigoudène, une coiffe empesée dans les règles et qui ne serait pas de travers. « Je viens de lire le livre de votre fils », lui dirais-je, et Marie-Jeanne, empourprée de fierté, lisserait son tablier et ouvrirait grand sa porte pour que je puisse admirer ses armoires astiquées et son lit clos. Et quand je la quitterais après un sonore *Kenavo*, j'emporterais un peu de l'âme bretonne que j'étais venue chercher et, au fond de moi, je le garderais.

Naïveté ! Rien de tout cela, bien sûr, n'est arrivé. J'ai garé la voiture sur une place balisée et bétonnée, j'ai affiché docilement le disque de stationnement et j'ai déambulé dans des rues vides devant des portes fermées. Je suis donc repartie sans avoir pu poser « ma » question : « A part la coiffe et le chapeau rond, c'est quoi, être breton ? »

Dans son *Cheval*..., il est vrai, Pierre-Jakez répondait à cette question : « Je suis d'un pays où règne le maître-vent à ses heures. La mer et la terre lui sont également soumises, les hommes lui doivent la meilleure part de ce qu'ils sont. Je ne crois pas qu'il y ait un seul habitant de ces parages, homme ou femme, qui ne soit redevable au vent, galerne ou suroît, de cette alacrité physique et morale qu'on appelle *startijenn*. [...] Il secoue, il malmène, et notre esprit se tient en éveil, constamment agressif, aux aguets des coups durs et des revanches sur la vie. »

Le fils de Marie-Jeanne ne pouvait qu'avoir raison. La preuve ? « Dur est le vent… » chantait aussi le barde du roi Gradlon.

Née à Lanester, Marie Le Drian est romancière, elle vit actuellement en Bretagne. Elle a reçu le Prix Bretagne, en 2001, pour *La Cabane d'Hippolyte*. *Le Corps perdu de Suzanne Thover* est son dernier roman, paru aux éditions Apogée.

Et voici bien ma terre…

Marie Le Drian

Gare Montparnasse.

C'est là que tout commence. Au moment où, quittant le grand hall, on s'engage vers la place, tournant le dos à la dernière parcelle de notre « chez nous ». Impatients de liberté, nous ne l'entendons pas, la devinons à peine, mais elle est là – la rupture – sur le parvis, traînant déjà son lot de regrets, de désirs, de cafard, de solitudes.

Nous l'ignorons, nous sommes jeunes, mais nous entrons ce soir-là – c'est toujours le soir à la gare Montparnasse – dans la brume opaque de l'anonymat.

J'ai connu cette première arrivée nocturne et les autres à venir.

Aussi les attentes de retour, où, piétinant devant les tableaux d'affichage, le cœur battant de voir le nom des villes, n'y trouvant pas la nôtre. Qu'ils nous donnent le numéro du quai, vite, nous sommes déjà chez nous. Paris.

Je suis là pour travailler, j'apprends le métro, les bus, les librairies, les cinémas, les musées. Je ne m'ennuie pas encore, suis-je vraiment là ? Spectatrice, je consomme la ville, timidement, sur les bas-côtés, dans les marges. Je regarde : étrangère à l'étranger. Et le studio, cinquième étage, eau chaude, eau froide, dans lequel je rentre tous les soirs, n'a rien d'un chez-moi.

Tout est troublant, mouvant, le sol n'est pas stable sous mes pas, je suis un arbre sans racines que le vent, non, il n'y a pas de vent, un arbre qui stagne, flotte et se flétrit.

Le dimanche, j'arpente les rues, rêve de voyages à la librairie Ulysse, je lis Nicolas Bouvier, *L'Usage du monde*, je cherche à deviner la route.

Je vais d'une rue à l'autre, je suis de passage, cela je l'ai compris. Me reviennent les dires d'une amie rennaise :

« Ma belle-mère, brestoise, ne vient jamais à Rennes.

« Pour quoi faire ? Il n'y a que des rues ! Tu prends une rue, tu tombes sur une autre rue, à quoi bon toutes ces rues ? Y en a pas une qui va à la mer ! »

Je ne pense pas à la mer. Pas encore.

Je ne cherche pas la mer au bout de mes rues.

Je crois que je cherche Montparnasse, mes pas toujours m'y mènent.

« Si tu vas là-bas, va chez Ti Jos, me dit-on, on rencontre du monde, cela fait du bien. »

Je m'arrête chez Ti Jos, commande un café, ne rencontre personne qui pourrait me demander : « Tu es d'où ? »

Et me dire sans attendre ma réponse : « Moi je suis de Brest, de Guingamp ou de Paimpol. Et toi ? On boit un verre ? »

Non. Je ne suis pas à la maison chez Ti Jos, et si j'y retourne le samedi suivant, c'est pour me sentir encore à l'ombre de la gare.

Il y a du monde. Je suis plus à l'aise que la première fois. Je n'avais rien vu, rien entendu. Je n'entends pas plus, mais je regarde. Autour de moi, ils boivent de la bière, du chouchen. Le chouchen est à la mode. Allez, tant pis, j'y vais. Un café, un petit verre de chouchen, s'il vous plaît.

La musique, je ne l'entends pas, mais dans le brouhaha je lève les yeux sur l'affiche en face de moi, celle d'un concert à la Mutualité. La Mutualité, je connais, il s'agit pour moi d'un monument d'histoire, de meetings, de manifestations. Je n'ai jamais imaginé que la Mutualité puisse abriter un concert, être un lieu de musique, de douceur, de rêve. La Mutualité, pour moi, ce sont les heurts, principalement les heurts.

Et pourtant cette affiche est calme, celle du concert d'un homme aux yeux bleus, d'un homme à béret, qui sourit.

Glenmor, concert, 1965.

Nous sommes en 1970, l'affiche est pâle de ces années, elle tient au mur grâce à des bouts de vieux scotch qui commencent à se décoller. Elle flotte. Je me dis qu'ils auraient pu l'encadrer, une affiche sur les murs d'un café fréquenté, cela s'encadre, et s'accroche. Il y a des cimaises pour cela, ou même une ficelle et un clou. Mais ces bouts de scotch, il pense à quoi, monsieur Ti Jos ?

Je bois mon café, en commande un deuxième pour justifier ma longue présence et poursuivre la contemplation de cette affiche, elle me parle, mais de quoi ?

Je laisse une partie de mon chouchen, quelques francs dans la coupelle, et je m'en vais. Le *Kenavo* que me lance le barman me semble sorti d'une bande dessinée.

Artificiel, décalé. Chez moi, à Lanester, banlieue pluvieuse de Lorient, on ne dit plus *Kenavo* depuis longtemps. On dit « Au revoir », « En revoir », « A tantôt », mais *Kenavo*... Non.

Je suis où, là, à Montparnasse ?

Je sors et marche lentement vers la rue de Rennes.

Glenmor ! Bien sûr, Glenmor, cela me revient.

1964 ! Les journées du CELIB !

Invités par le Comité d'étude et de liaison des intérêts bretons, nous sommes, jeunes lycéens endimanchés, poliment assis devant une estrade sur laquelle se succèdent des orateurs qui tentent de nous alerter, de nous sensibiliser à l'avenir de notre région. Nous sommes invités sans doute en raison de notre appartenance à un mouvement de jeunesse.

Aujourd'hui, je me dis que c'était de la part du CELIB une excellente idée. Ce jour-là, nous ne comprenons pas vraiment pourquoi nous sommes assis dans cette salle.

Les intervenants sont passionnés. Mais il fait beau dehors. C'est dimanche. J'ai à peine quinze ans. Je m'ennuie. Quand monte sur l'estrade un grand type en jean, chemise écossaise, cheveux longs. Il s'est trompé de salle ? Non, il se présente, Emile Le Scanve, dit Glenmor. Il explique aux ignorants que nous sommes que son nom de scène signifie *Terre-Mer*. Il parle avec fougue de sa terre qui est la nôtre, de sa langue qui *devrait* être la nôtre, et surtout, il chante. Sa passion, il la chante. Nous sommes fascinés, éblouis, nous applaudissons, nous promettant de le suivre et d'apprendre le breton. Ce qu'aucun de nous ne fera. Ou oublie vite à quinze ans.

Preuve en est : jusqu'à ce jour de l'affiche chez Ti Jos, j'avais oublié Glenmor.

Pour beaucoup, il fut un pionnier, un « éveilleur ». Pour moi, il sut de ses mots donner quelques racines à cet arbre flottant qui se perdait et traînait son malaise du côté de Montparnasse.

Je l'ai revu des années plus tard chez son ami Claude Huart, nous avons parlé de ce dimanche du CELIB qu'il avait lui-même complètement oublié. Un oubli partagé dont nous avons souri ! Le temps avait passé. Nous n'avons guère évoqué son œuvre, et n'avons pas parlé de la Bretagne. A quoi bon ? Nous y étions ! Il n'était guère besoin de la dire. Le vent soufflait dans le chemin creux et nous entendions la mer sans même y penser. Nous avons juste craint la tempête annoncée.

Depuis de longues années, je vis « chez moi » entre Finistère et Morbihan, et je mesure à quel point l'attachement à la terre se nourrit du manque. Il faut sans doute quitter sa terre pour l'aimer, pour enfin la nommer. La Bretagne souvent ne devient « Bretagne » que si l'on s'en éloigne. Tout diffère selon que l'on y vive ou que l'on en rêve. Et c'est sans chagrin que j'écoute à présent Glenmor, ou les autres magnifiques poètes auxquels il a montré la route. Sans chagrin mais pas sans émotion.

A l'ombre de la gare, reine des retours, une affiche simplement a permis que tout change. Celle de Glenmor. Je lui devais cet hommage.

Sébastien Le Fol est journaliste. Il est directeur de la rédaction du *Point* et membre du jury du Prix Bretagne.

La cale du bonheur

Sébastien LE FOL

— On se retrouve à la cale ?

Guillaume Le Bellec a posé la question d'un air entendu. Grand, le cheveu blond, le buste comme un I, il porte un bermuda rouge et des chaussettes de contention blanches. Dans une main, il tient une épuisette, dans l'autre un seau.

« C'est le maître du domaine », nous a prévenus Patrick, le propriétaire. Cet été-là, nous avons loué une longère bretonne, dans un grand parc arboré qui s'étire jusqu'au golfe du Morbihan.

Le domaine appartient à quatre familles, qui chacune occupent un bâtiment de cette ancienne ferme. Les uns logent dans le vieux pressoir, les autres dans la laiterie… Guillaume Le Bellec habite le manoir au centre de ce petit royaume.

En cette veille de 15 août, toute la communauté est réunie. Sur le parking, des voitures immatriculées 75, 06, 69, 92…

Nos valises défaites, Sofia, les enfants et moi partons explorer la propriété. Un chemin en sable serpente entre les maisons. Il conduit vers une vaste pelouse bordée de pommiers qui mène à un court de tennis. Et, au-delà, au golfe.

Nous sommes précédés d'un groupe qui se dirige lui aussi vers la mer. Ils portent tous une serviette de bain sur l'épaule. Un détail, surtout, attire immédiatement notre attention, à commencer par celle de Roxane et Darius : ils sont tous blonds. Les parents comme les enfants.

— On se croirait dans *Le Jardin des Finzi-Contini*, me glisse Sofia, ma brune algérienne, qui m'a fait découvrir le film de Vittorio De Sica.

Nous suivons la blonde cohorte. Au fond du domaine, après avoir franchi un portail en bois bleu, nous nous engageons sur un sentier pentu qui débouche sur un paysage idyllique : le golfe du Morbihan et son chapelet d'îles.

« Les Blonds » sont tous là. Une bonne dizaine. Ils se sont délestés de leurs sacs de plage et discutent sur la partie en pente du quai encore à sec. Les enfants plongent dans l'eau des bouts de ficelle à l'extrémité desquels est suspendue une rondelle de saucisson.

Des Zodiac et des barcasses accostent un peu plus bas, déposant les régatiers du jour. La marée montante recouvre peu à peu les bouées d'amarrage et les parcs à huîtres. Des kayakistes slaloment entre les voiliers.

Quand l'eau a recouvert plus de la moitié de la cale, « les Blonds » rejoignent leurs paquetages. Avec Sofia et les enfants, nous pensons qu'un élégant yacht va surgir pour les embarquer. Mais non, « les Blonds » s'enroulent dans leurs serviettes de bain, enlèvent leurs habits pour enfiler leur maillot de bain. La doyenne revêt un bonnet de bain très fifties. Une haute silhouette que nous avons croisée une heure plus tôt dans le parc se distingue : celle de Guillaume Le Bellec. Il retire ses chaussettes de contention, ajuste ses lunettes de natation, et tape dans ses mains. A ce signal, la blonde compagnie s'engage sur la cale, désormais immergée, et se jette à l'eau.

— Ils ne peuvent pas se baigner là quand même, s'étonne Darius en prenant une mine dégoûtée. Ils pourraient aller à la plage !

En effet, la vue à marée basse n'était guère engageante : une salade d'épinards. A croire que « les Blonds » sont végétariens car ils ont l'air de prendre un vrai plaisir à nager dans cette soupe.

Leur présence agace les plaisanciers gênés dans leur accostage. Un quart d'heure plus tard, ils reviennent sur le rivage, comme les dauphins du Marineland d'Antibes que nous avons découverts un an plus tôt.

C'est donc ça, « la cale » à laquelle a fait allusion devant nous Guillaume Le Bellec ? On ne nous y verra pas. Nous en faisons la promesse aux enfants.

Les jours suivants, nous partons en quête d'un lieu de baignade plus plaisant. En bateau, l'apprendra-t-on bientôt, tout est proche dans le golfe du Morbihan. Mais en voiture, c'est une autre paire de manches. Nous mettons une heure pour gagner la plage de Carnac que j'ai repérée sur une carte. Et nous ne sommes pas seuls sur le sable. La route du retour est embouteillée. *Bis repetita* le lendemain puis le surlendemain.

Le troisième jour, je lance à ma petite famille :

— Et si on essayait la cale ?

C'est comme si je leur avais annoncé que j'allais me teindre les cheveux en rose. Je tente un subterfuge : je me rends au supermarché du coin acheter de la ficelle, du saucisson et deux épuisettes.

Intrigués par mon attirail et l'usage que je compte en faire, Roxane et Darius acceptent de me suivre, ainsi que Sofia, jusqu'à la fameuse cale. Les petits « Blonds » y sont déjà. Les grands feront leur apparition plus tard, quand la marée entamera sa montée. Le gardien du domaine, Max, à la stature imposante et au regard chaleureux, m'a renseigné sur leur étrange rituel.

— Et le saucisson ? Et la ficelle ? A quoi ça sert ? lui ai-je demandé.

— A pêcher le crabe, m'a-t-il répondu dans un éclat de rire granitique.

Aussitôt, Darius et Roxane imitent les gestes des « Petits Blonds ». Assez vite, chacun attrape un crabe que nous jetons dans un seau rempli d'eau.

Guillaume Le Bellec, suivi de sa cour, arrive. Il s'étonne que nous n'ayons pas pris nos maillots de bain. « Une autre fois », murmurons-nous d'un sourire timide. Le ballet aquatique peut commencer. Un vrai ragoût de grenouilles. Nous regagnons notre longère flanqués de nos deux têtards et… de nos deux crabes. Roxane nous glisse :

— Vous croyez qu'ils ressortent tout verts de l'eau, les Blonds ?

Entre-temps, Roxane s'est fait une amie chez « les Blonds » : Camille, la petite-fille de Guillaume Le Bellec. Celui-ci nous a invités à dîner chez lui pour nous présenter toute sa tribu. De près, ils sont encore plus blonds. Toute la soirée, ils nous posent la même question :

— On vous verra un jour à la cale ?

— On devrait peut-être aller y plonger une tête demain ? ai-je demandé à Sofia en me brossant les dents. Sinon, ils vont croire que nous les méprisons.

Le surlendemain, Roxane déboule à l'heure de la sieste :

— Avec Camille, on voudrait aller se baigner à la cale. Mais son grand-père veut que vous veniez avec nous.

C'est ainsi que nous avons pris notre premier « bain de Blonds ».

De peur d'avoir froid, Darius a enfilé une combinaison de plongée trop grande, qu'il a trouvée dans sa chambre. Sofia, baigneuse méditerranéenne, se dirige vers la cale tel un chat vers un chien méchant.

Heureusement, nous avons apporté des sandales Méduse. La fine couche d'algues rend la surface de la cale extrêmement glissante. « Les Blonds » nous observent.

Sofia se lance la première. Elle pousse des cris à effrayer les requins. Je plonge à mon tour. La fraîcheur de l'eau me saisit. Le contraste avec la température de l'air agit comme un électrochoc.

Pas question de barboter. Il faut nager contre le courant, puissant, qui risque de nous éloigner de la cale. Roxane et son amie Camille se cramponnent à une bouée d'accostage. Elles sont essoufflées.

Darius, notre enfant des mers chaudes, est resté à terre.

Je progresse à la brasse en déployant au maximum mes bras. Les muscles endormis des vacances se réveillent.

Un comité d'accueil nous attend sur la cale : « les Blonds » nous applaudissent en improvisant une haie d'honneur.

La marée est haute désormais. L'eau salée ruisselle sur nos corps rincés par l'effort. Malgré le vent, nous n'éprouvons pas le besoin de nous essuyer. Nous nous abandonnons au spectacle de la mer et à la caresse vivifiante de l'air iodé. Je comprends ici tout le sens de la phrase de Mircea Eliade : « Le sacré n'implique pas la croyance en Dieu, ou en des esprits, c'est l'expérience d'une réalité et la source de la conscience d'exister dans le monde. »

Nous sommes tout à fait secs lorsque Guillaume Le Bellec remonte à son tour. Il pose sa main sur mon épaule. Nous sommes des leurs désormais.

Ce jour-là, ma petite famille a reçu le baptême breton.

Professeur de lettres née à Brest, Marie Le Gall est une romancière aux ouvrages remarqués. Son dernier roman, *Mon étrange sœur*, a paru chez Grasset. Elle a été lauréate du Prix Bretagne 2010 pour *La Peine du Menuisier* (Phébus).

Le sentier enchanté qui mène hors de la vie[1]

Marie Le Gall

J'avais cessé de me sentir médiocre, contingent, mortel[2]. S'il est une *madeleine* d'un passé si lointain qu'il n'appartient plus au souvenir mais à l'émotion souveraine, cette *madeleine* est un long chemin creux qui s'ouvrait sur un paysage immense. De tous les lieux de l'enfance, routes et sentiers qui nous conduisaient au village de Daoulas reste, plus vif que tout autre, le chemin qui longeait l'école des Sœurs, courait vers le ruisseau, remontait et s'élargissait à l'entrée de la route. Et sur ce chemin, deux marcheuses, la petite dans les pas de la grande, sûre de l'arrivée et du retour avant le repas du soir dans un monde circulaire où toute fin était inconcevable. L'après-midi est doux, la balade sera longue. La mère et la fille viennent de tourner au coin de la boulangerie et l'enfant a vu le pétrin, mot qui la fait rire

1. Colette, *Les Vrilles de la vigne.*
2. Marcel Proust.

et la questionne en même temps car elle entend souvent dire qu'*on est dans le pétrin* pour exprimer les difficultés de la vie, et elle ne voit pas le rapport avec le pain frais et croustillant du boulanger, son tablier, son calot de coton blanc et les nuages de farine. Légères comme des funambules, toutes deux empruntent un passage réduit à un simple filet de terre vers le sentier qui plonge à l'entrée des sous-bois jusqu'au ruisseau, une sorte de gué avant l'élargissement progressif du chemin. La présence de l'eau a toujours quelque chose de merveilleux, sa limpidité sur les pierres plates, son effet de loupe, sa transparence qui dévoile un fond doré et sableux ; c'est le ciel du ruisseau où le gravier scintille. Un jour une libellule est apparue. Solitaire sur une brindille, ses ailes étaient transparentes, finement veinées, elle était grise et bleue. La lumière filtre à travers les futaies, éclot en pastilles sur le feuillage, la mère et la fille silencieuses montent maintenant la partie escarpée du chemin accompagnées du seul grésillement des insectes dans les talus. Elles enjambent un amoncellement de branches avant de marcher à pas comptés sur cette pente raide clairsemée de châtaigniers, de sentir la blessure des petits cailloux sous les semelles fines. Ici plus de fermes, plus de crèches, pas le moindre cabanon ; le petit bois se referme sur les promeneuses. S'élever vers la lumière de la route et des champs est un parcours difficile et impatient. La mère penche légèrement le buste ; il ne faut pas s'accrocher aux plis soyeux de sa robe mais accepter de se perdre un peu. C'est l'effet de ces sentiers dérobés, faire comme si l'on était soudain sans repères, se laisser guider par les rayons du soleil, par le martèlement des pas. Le chemin apporte son aide quand on se raccroche aux longs traits lumineux sur le sol, au pourpre d'une digitale, au jaune d'or des ajoncs, à la hampe d'une fougère, à l'odeur sucrée des fleurs de sureau, aux petites jambes de l'enfant qui court vers la croix en granite penchée et plantée ferme près d'une touffe de genêts à l'entrée d'une route vicinale. A gauche, une large allée s'élance dans la campagne ; l'œil timide plonge vers deux rangées de peupliers derrière lesquels on devine les contours d'un manoir. Manoir… mot mystérieux, écho des temps anciens, refuge des revenants. L'enfant roule ses syllabes dans sa bouche, la dernière surtout et les ténèbres qu'elle suggère. Dans cette habitation, ses arches surmontées d'une glycine, ses petites fenêtres ouvertes au sud sur la campagne comme celles des belles demeures dans les livres d'images, un seigneur vit, sûrement. *Un châtelain*, dira la mère. Tout autour, de grands prés, de somptueux tapis verts. Peut-être est-ce cela, une… pelouse ? Pas de fil électrique comme pour les prairies à vaches mais de simples bandes noires parfaitement tendues entre les poteaux de bois, une clôture et la silhouette d'un cheval. La mère a pris appui sur le granite rugueux et frais de la croix ombragée. La pause est brève, elle s'impatiente parfois, se lève, s'en va. *Viens puisque tu es pressée…* La route apparaît en même temps que la lumière dans une clairière de ciel. Elle se déploie, parfois bosselée ou « rapiécée », elle fuit entre les prairies. D'un pas vagabond, mère et fille vont à la rencontre des vallonnements et des courbes reconnues, des flaques ensoleillées qui font vaciller. Quelquefois, on entend le ronronnement d'un tracteur un peu poussif qui ressemble à un gros insecte. Quelquefois, les deux promeneuses croisent la route d'un paysan ; il s'arrête sur le bas-côté et les considère avec une curiosité bienveillante. Et ce n'est pas une question d'impolitesse s'il reste muet ; il ne connaît que le breton. Chacun se tient de son côté, chacun dans son monde, la coutume est ainsi. Mère et fille glissent jusqu'au village, vers l'abbaye, l'étang et le lavoir, la marchande de journaux, le pont, la pharmacie, elles vont et viennent avant de quitter les rues, les boutiques et les gens pour un retour, lent et sûr. On marquera une dernière étape dans le grand champ en pente douce. Il domine le village, s'ouvre sur la campagne élargie par un ciel léger, mobile et doux. La mère et l'enfant vont s'y asseoir, l'une près de l'autre, exactement. Elles ne se touchent pas, elles sont ensemble face au monde, prairies proches ou lointaines, arbres et bosquets, abbaye, ardoises des toits, maisons que l'on reconnaît, celle-ci surtout, la plus belle qui forme un L, ses volets blancs dans lesquels on a creusé un trèfle pour faire joli, sa haute barrière donnant sur une cour déserte. La fillette l'observe longtemps, sa quiétude, sa chaleur, sa distinction. *Oui, c'est ça, c'est une maison... distinguée.* Quand elle sera grande, elle aura la même. Toutes les pensées se dissolvent, les yeux s'égarent vers le ciel qui touche à l'horizon de grandes flaques limpides, la mer. Elle part très loin, au-delà des buissons touffus, faire le tour du monde. Grand champ, heureuse blessure creusée dans la chair, ouvert sur la fuite des paysages où l'on s'offre à l'ampleur du ciel, où l'on s'enracine dans les odeurs de la terre, où l'on écoute les vibrations d'un silence éclatant sur lequel ne plane aucune menace. Il est l'invisible courant qui gravite autour de nos corps, l'expression absolue. Il était là avant nous, il sera là après. Il est partout. Là-haut, derrière les quelques nuages pommelés, certains ourlés d'une frange de feu comme si des flammes brûlaient dans leur ventre cotonneux, dans le chêne centenaire à l'ombre duquel nous étions assises, dans les brins d'herbe qui chatouillaient les jambes. Il n'était troué que par le bruit lointain d'un avion, sa ligne blanche et droite tracée sur la toile bleue, ou par un oiseau derrière nous, pauvres humaines assises, les mains enserrant les genoux, qui tentions de rivaliser avec cette quiétude si particulière d'une fin d'après-midi après la marche. Ou plutôt qui recevions cette toute-puissance et cette bienveillance. Nous lui appartenions. Nous étions élues. L'écriture est une descente en apnée à l'image de la promenade sur ce sentier, la découverte d'un puits d'eau vive au plus près des émotions vécues qui ont si peu à voir avec ce qu'on nomme le souvenir, le retour vers une saison invincible où les jours n'étaient que longues enjambées ou pas nonchalants. La petite promeneuse dont toutes les routes furent conditionnées par le vent, les courants, les murmures s'est rappelé ce que, moi, j'avais oublié ; les jours inoffensifs et légers, la mère et l'enfant impatiente, heureuse de marcher et pressée de rentrer, le tournoiement des odeurs dans la campagne, celle du blé battu, le massif d'aubépines d'un blanc crémeux, les hortensias, tache rouge et insolente devant la maison de la riche voisine. A la fin du chemin, redevenue fillette virevoltante, j'aurais même accepté la proximité de la vipère enroulée dans le fossé, la vue de ses crochets. Eperdue, j'aurais clamé ma joie à la vue de la trace noire du bitume, sûre d'atteindre la route, de retrouver la maison. J'avais sept ans, je le savais, nous étions éternelles.

Lauréat du Prix Bretagne 1973 pour *Poèmes de mon vivant* (Telen Arvor), Gérard Le Gouic est romancier et nouvelliste, et poète. Il a également fondé sa maison d'édition, Telen Arvor (la Harpe d'Armor). *Les Pays d'Henri Thomas* (Les Vanneaux) est son dernier ouvrage paru.

« Nous, on est des Bretons ! »

Gérard Le Gouic

Aussi loin que me l'autorise ma mémoire, j'ai entretenu dans mon cœur mon appartenance à la Bretagne. Lorsque j'avais interrogé ma mère, entre mes deux et trois ans, sur notre appellation familiale, elle m'avait répondu non pas comme une mise en garde, mais une satisfaction : « Nous, on est des Bretons ! » L'énoncé de notre patronyme était secondaire. Comme est secondaire pour moi que je sois né à la clinique Baudelocque, boulevard de Port-Royal dans le prolongement du boulevard Montparnasse menant à la gare. Place de Rennes, nous avions déjà un pied en Bretagne. Ma mère m'avait déposé dans sa direction. Il s'agissait d'une naissance d'état civil qui ne me concerne qu'au second degré. Je ne suis pas insensible toutefois à sa date que je juge esthétique, le 11 juin, et je le mentionne sans réticence. L'autre date, et celle-là m'importe davantage, est banale ; le 20 septembre. Elle figure dans le registre des baptêmes de la paroisse de Rédené. J'ignore le nom du médecin ou de la sage-femme de Baudelocque ; m'est connu, en revanche, celui du recteur de Rédené en diocèse de Quimper et de Léon : L. Le Pensec.

Je ne vais pas vous raconter mon enfance parisienne insatisfaite, bretonne en permanence dans ma tête, alimentée par les mois d'été chez ma tante Jeanne dont j'étais le « mabig », en compensation de ses cinq ou six enfants qui n'avaient pas survécu. Il ne lui restait qu'une fille, Lysiane.

Il me faut y revenir brièvement à cette enfance citadine incomplète et cependant déterminante par mes rejets.

Ma mère m'avait appris mes nom et adresse que je récitais d'une traite : gérardlegouicsoixantesixruedaguerreparisquatorzième.

Notre immeuble de six étages s'élevait à l'angle de la provinciale rue Roger. Selon le « Guide du promeneur du 14e arrondissement » de mon ami Michel Dansel, Emile Zola y aurait demeuré quand il était chef de publicité chez Hachette. La rue s'appelait alors des Peupliers.

En face de Baudelocque aboutissait la rue Henri-Barbusse. J'y fus élève au collège Lavoisier et j'eus comme professeur « le garde champêtre d'honneur de Saint-Germain-des-Prés » en la personne de Maurice Fombeure, poète et Poitevin de naissance et d'éducation. Je ne lui suis pas redevable de mes penchants présumés pour la poésie dont il ne nous entretenait pas, de la poésie contemporaine dont il était un acteur, publiant ses livres chez Gallimard. La poésie se transmettrait à notre insu, paraît-il, comme le virus de la grippe. Toujours est-il qu'un jour je poussai la porte de la boutique de Mme Le Cossec à l'enseigne « Au Pays breton », rue Grégoire-de-Tours dans le Quartier latin. J'y acquis un livre d'Auguste Brizeux. J'ai oublié le motif de mon incitation, à la suite sans doute d'un article dans *La Bretagne à Paris* que ma mère achetait chaque vendredi. Le nom d'Arzano a dû apparaître, Rédené appartenait à son canton, avec Guilligomarc'h et Locunolé.

L'ouvrage ne m'a jamais quitté depuis, il m'a accompagné au cours de mes déplacements et séjours lointains : à Médéa en Algérie, au Congo, au Tchad, au Cameroun, en Centrafrique, pendant plus d'une décennie. Il était mon lien avec la Bretagne. Qu'il fût à ma portée ou que j'en lise une simple page, émanaient des souvenirs, des images, des couleurs... Des senteurs comme de pâtisserie rancie s'il faut les rapprocher d'effluves qui soient universels.

Ma main s'emparait de l'ouvrage au format de missel. Je me sentais apaisé comme au contact d'une pierre qui émet des fluides positifs. Quelles paumes avaient patiné le cuir de sa chaude reliure d'un vert cul-de-bouteille ? Le pourvoyeur en livres anciens de Mme Le Cossec était un courtier qui visitait et livrait à bicyclette ses clients : le romancier breton Henri Pollès.

Oh ! ne quittez jamais, c'est moi qui vous le dis / Le devant de la porte où l'on jouait jadis. Comme je partageais l'exclamation nostalgique de Brizeux.

Mon exemplaire, dans une réédition de 1874 (ou 1880), réunit trois œuvres : *Marie, Telen Arvor, Furnez Breiz*. La première édition de *Marie* fut présentée comme un roman, anonymement. L'auteur y contait son amour pour son pays de Bretagne et pour une jeune paysanne qu'elle incarnait. *Paroisse bien-aimée, humble coin de terre / Où l'on peut vivre encore et mourir solitaire*, me murmurait-il.

J'étais amoureux d'une Thérèse d'un petit port de la rivière d'Auray. Lorsque j'étais seul dans notre logement parisien, je déclamais des pages de mon livre secret et sacré. *Celle pour qui j'écris avec amour ce livre / Ne le lira jamais*. Ma voix frémissait d'émotion. J'étais Auguste Brizeux et non pas Maurice Fombeure. Des larmes me montaient aux yeux. Aujourd'hui encore, il est le seul. *Dans ce sombre Paris toi que j'ai tant rêvée, / Vois comme en nos vallons mon cœur t'a retrouvée !* Je ne pouvais aller au-delà, aujourd'hui encore, de *Assise à son rouet près du grillon qui crie / Et dans l'ombre filant je reconnais Marie ; / Et sous sa jupe blanche arrangeant ses genoux, / Avec son doux parler elle me dit : « C'est vous ! » / Je n'ai plus de voix pour lui chuchoter : « Oui, Marie, c'est moi. »*

Marie Pellan habitait le village du Moustoir, à une lieue du presbytère. *Chaque jour, vers midi, par un ciel chaud et lourd / Elle arrivait pieds nus, à l'église du bourg*. Je réside, depuis bientôt un demi-siècle, dans un Moustoir entre Ster-Goz et Aven. Chaque matin je m'éveille, je m'émerveille, dans l'un des décors de prédilection bien qu'inimaginable alors de mon enfance. A l'heure où se dissipent les mystères des deux rivières cornouaillaises, celles-ci m'entraînent vers le Scorff qu'enjambe la vieille route. *Un jour que nous étions assis au pont Kerlô / Laissant prendre en riant nos pieds au fil de l'eau*. Je pourrais y adjoindre les bords de la Laïta où mes grands-parents paternels vivaient et mettaient au monde leurs enfants au moulin de Bécarrec, entre falaises de granit et la roselière d'une palud. *Ô doux Létâ*, la qualifiait Brizeux dès le premier vers des poèmes à Marie. *Riant Létâ*, plus loin.

Ma grand-mère Julienne Nicolas qui ne s'exprimait qu'en breton, unie à Yves Le Gouic, était native d'Arzano. Son aïeul Vincent, et le mien, dut croiser les jeunes amoureux, peut-être échangea-t-il avec eux, s'opposa-t-il à eux, se rendit-il leur complice ? Mes obsessions et mes affections s'allient à des réalités.

De ses huit à treize ans, le futur poète fut accueilli par son oncle Ange Le Nir, recteur d'Arzano et l'éducateur d'élèves dans son presbytère aux lignes sévères de manoir. *Humble et bon vieux curé d'Arzano, digne prêtre.* Marie Pellan était née avec le siècle. Elle épousa un Thomas Bardouil de sa condition. *Un jeune homme, / En voyant sa belle âme, en voyant son beau corps, / L'aima ; les vieilles gens firent les deux accords.*

Bardouil est un patronyme peu répandu. Le Bardouil gendarme, ancien des rizières indochinoises, que ma cousine Eliane Guilloux épousa, devait avoir quelque parenté avec le Thomas de Marie Pellan. Les recherches de Maryannick, la fille d'Eliane, le confirmeront. La boucle était bouclée, suis-je tenté d'énoncer. Elle se consolida encore lorsque je baptisai *Telen Arvor* ma boutique de faïences bretonnes à Quimper puis les éditions de mes recueils de poèmes.

Les livres de mon enfance ont disparu : une *Histoire de deux enfants*, l'un noir, l'autre blanc, qui découvrent ensemble les bêtes sauvages de la forêt vierge, des *Bibi Fricotin*, *Le Grizzly*, *La Case de l'oncle Tom*. De mon adolescence il me reste le cahier de récitations de mon année Fombeure, et mon fétiche, mon bréviaire qui ne me quitta jamais, mon premier livre de poésie d'achat volontaire : l'ouvrage d'Auguste Brizeux acquis chez Mme Le Cossec.

Philippe Le Guillou, né au Faou, est l'auteur d'une œuvre romanesque d'une trentaine d'ouvrages et également essayiste. En 2020, il publie *Le Roman inépuisable* (Gallimard). Le Prix Bretagne 1987 lui a été décerné pour *Le Dieu noir* (Mercure de France). Il en est l'actuel président.

Le millefeuille du Faou

Philippe Le Guillou

Je mange très rarement des millefeuilles, sans doute parce que, malhabile, je crains de ne pas savoir trancher sans désastre les stratifications de pâte feuilletée et le dessus glacé au sucre qui, pour peu qu'il soit rose, me trouble immédiatement. Où que je sois, à Paris ou ailleurs, au restaurant ou chez des amis, je ne choisis qu'exceptionnellement ce gâteau dont le nom même est déjà, pour un littéraire, un régal, puisqu'il évoque un étagement de feuillets, un énorme manuscrit, sécable et consommable, une sorte de grimoire léger et comestible. Sans doute, dans ce non-choix qui s'apparente presque à un refus, entre-t-il une part de motivations inconscientes qui dépassent largement la seule dégustation d'un dessert incommode…

Pourquoi cette réticence, cette réserve pudique qui me font m'arrêter soudain alors que la tentation était sur le point de l'emporter ? L'âge venu et la répétition des expériences font que l'on se connaît, qu'une sorte de lucidité laisse peu de place à la dissimulation ou au mensonge, que notre être profond conserve peu de mystère. Aussi, dans cette affaire, la peur de saccager le gâteau dans un désordre de miettes, de profaner à coups de fourchette cette croûte supérieure, si lisse et si tentante, ne tient-elle sans doute que du prétexte. La raison en est plus secrète et plus intime : consommer un millefeuille relève d'une forme de liturgie solitaire à laquelle j'entends m'adonner loin des regards, et pas seulement pour des motifs d'élégance et de manières de table.

Le simple fait de voir ce gâteau, avant même de l'attaquer, d'en détruire le bel et harmonieux ordonnancement, le fait aussi d'entendre prononcer son nom, dont la légèreté des sonorités annonce la saveur des couches de crème et de pâte alternées, suscitent toujours une réelle émotion qui me transporte aussitôt très loin du lieu et de la compagnie où je me trouve. Je ne connais qu'un millefeuille, celui rose et sucré que mes grands-mères achetaient à la pâtisserie Postollec au Faou, celui que je dégustais, enfant, à Kerrod ou dans ma maison natale de la route de Rosnoën, ce gâteau superbe et magique qui rassemblait les deux côtés, les deux branches de la famille dans un luxe dominical et festif, une sorte de parenthèse enchantée, une césure dans l'ordinaire des jours. Aujourd'hui encore, la profération du nom, par un serveur ou une puissance invitante, suffit à me troubler vraiment : on aura beau louer les qualités dudit gâteau, l'art remarquable du pâtissier, il n'en sera jamais qu'un pour moi, celui que j'admirais dans la vitrine de la boutique de la route de Landerneau, puis, un peu plus tard, de la place des Fusillés-et-Résistants, l'unique gâteau, l'emblème d'une enfance finistérienne au temps de la République gaullienne, le must des « cafés » dominicaux, de ces rituelles réunions familiales qui me paraissaient sans fin. La dégustation, on l'aura compris, est donc bien plus qu'un usage social et mondain, elle participe d'une sorte de *retour amont* qui m'entraîne brusquement loin, très loin du cercle amical qui m'accueille, elle aimante vers un ailleurs finistérien et, ne voulant pas fausser compagnie à mes hôtes, je juge plus sage de différer ce plaisir pour un moment où il me sera loisible de faire, vraiment, faux bond et de plonger, enfin, dans la communion vivante des souvenirs.

Il suffit donc que je sois seul et loin de tous, mais c'est une grâce que je m'octroie rarement. Je me revois dans ma chambre d'étudiant rennaise, découvrant pour la première fois un douloureux sentiment d'exil, mesurant surtout la puissance des liens qui m'attachent au Finistère et que je n'avais encore jamais appréciés à leur véritable force. Oui, je me revois, dans la mélancolie de ces après-midi de novembre, attaquant la pellicule de sucre rose d'un millefeuille dont je savais bien qu'il n'aurait jamais le goût, la finesse de ceux de « chez Postollec ». Peu importe ! Ce n'était pas le gâteau, inégalable, que je recherchais, c'était autre chose, et voici que la tranche supérieure, avec son sucre glacé, se craquelait comme une dalle qui aurait caché un trésor, une porte s'ouvrait soudain, le gâteau n'avait pas de saveur, de valeur en soi, ce qui comptait, c'était tout ce qu'il réveillait, ce qu'il ravivait.

Jamais je n'aurais imaginé voir surgir, au cœur de mon exil rennais, tout ce qui me manquait et dont je n'avais qu'une conscience diffuse, la beauté d'un village maritime, niché aux confins intérieurs de la rade de Brest, la permanence d'une vie stable et confiante, avec ses lieux électifs, ses usages et ses rites. Le gâteau que je démembrais sauvagement dans ma chambre n'était pas au Faou quelque chose que l'on consommait en semaine, il était le signe de grandes occasions, de dimanches heureux, de rassemblements familiaux. Il était le signe d'une existence protégée, sans nuages, dans la beauté simple d'un lieu où il n'y avait rien d'exceptionnel et où tout était singulier, comme établi de manière immémoriale, les repas, les gestes, les promenades aussi impeccablement réglés que l'horloge des marées qui, toutes les douze heures, venaient remplir le bassin envasé du port.

Il y avait là, dans l'assiette, sous mes yeux, les strates dévastées d'un modeste millefeuille, et autour, invisible mais si présent, un monde, un royaume entre bois et océan, un socle primordial qu'il m'avait été donné de retrouver grâce à un gâteau qui était un véritable talisman. Tout me revenait, la station à l'église des marées préludant au passage à la pâtisserie, la vue de ces vieux marins qui se postaient à l'emplacement de l'ancien cimetière pour guetter le surgissement des vagues d'émeraude ourlées d'écume, les commères de la rue principale avec leurs coiffes et leurs austères pèlerines de fourrure… Me revenaient aussi des patronymes et des noms de lieux, ceux qui désignaient les fameux « tours » que l'on se proposait de faire ensuite, pour peu que l'on renonçât à la forêt du Cranou, le Ramzec, le Trest, Kerrec, Kersivien…

C'était un enchantement soudain, loin de l'aridité des études et des dissections textuelles alors à la mode, l'assurance d'un legs insubmersible, plus fort que les assauts des vagues et des vents, une richesse simple, sans fioritures, celle de ces journées d'enfance, lisses, innocentes, où un sentiment de vertige pouvait toutefois naître, lorsqu'on évoquait la disparition, sous les flots, de la ville d'Ys, la cavalcade éperdue de Morvark parmi les ajoncs et les bruyères du Menez Hom et jusqu'au sanctuaire de Rumengol, le naufrage, et la perte corps et biens de l'équipage, du *Phénix*, ce sous-marin qui, s'il n'avait pas pris sa retraite à temps, eût été le tombeau collectif de mon grand-père maternel…

Oui, ce gâteau mémoriel porte bien son nom, authentique feuilleté d'archives intimes, grimoire aux feuillets épars, tabernacle d'un royaume d'arbres et d'eaux, de forêt et de vagues, à l'exacte suture de l'Armor et de l'Argoat. Et, si le millefeuille, au glaçage rose, de feu Bernard Postollec reste pour moi une merveille inégalable et à jamais perdue, ses indignes avatars ont, malgré tout, un mérite : celui de restituer, magique et intact, le mystère de mon enfance au Faou.

Charles Le Quintrec (1926-2008) fut romancier, poète et critique littéraire, couronné par l'Académie française en 1978. Né dans le Morbihan, il présida le Prix Bretagne de 1980 à 1999 et reçut le Prix en 2008 pour l'ensemble de son œuvre.

Une enfance bretonne

Charles LE QUINTREC

Je me souviens – c'était bien avant l'ère de la tronçonneuse – de la joie virile qu'éprouvaient les jeunes garçons à se mesurer avec le chêne centenaire.

Il fallait abattre ce géant, agrandir le champ clos et le pré carré afin de gagner quelques acres pour le rêve plus encore que pour les ensemencements.

Ce pays vers la mer – ce pays dans la mer – est sorti de ses arbres comme il arrive qu'on soit né du feu. Au cœur des premières clairières, ont surgi des hameaux, des villages, des bourgades que les vacanciers ne voient jamais, les touristes pas davantage, pressés qu'ils sont d'atteindre la grande Bleue que d'aucuns prennent pour la grande Verte.

Il est vrai que l'Armor – le royaume de Morgane – est à la mode et plaît infiniment. On n'a plus peur de lui. On régate le long de ses grèves et de ses plages. On va jusqu'à le traverser en solitaire.

Au contraire, celui de Viviane, générateur d'une sylve profuse, ne laisse pas de beaucoup impressionner les citadins que nous sommes devenus.

C'est qu'il a gardé presque tout son mystère, même si les tracteurs ont remplacé les chevaux qui maintenant bruffent à l'ombre d'une grange ou sous les derniers pommiers d'une prairie livrée, dès le crépuscule, à toutes les aventures de l'imaginaire.

On dirait cependant que la vie des jours, comme vont les jours, est à peu près semblable à celle qu'autrefois j'ai connue de Plescop au Moustoir-des-Fleurs en passant par le Parc-Lann et Chanticoq. En y regardant de plus près, je me rends compte que, sous ce qui demeure, sous ce qui semble immuable, on décèle, on devine des mutations profondes, des mœurs altérées, des évolutions tapageuses.

Je parlerai de l'Armor, de ses drames, de la fascination qu'il exerçait sur nos jeunes esprits, mais l'Argoat qui a toutes mes prédilections, est si riche de contrastes et si pénétrant, que j'en porte toutes les figures au secret de mon sang. C'est une femme sans âge qui ramasse du bois mort pour faire cuire sa bouillie ; un laboureur qui retourne sa charrue et prend le temps de se rouler une cigarette ; c'est l'angélus du matin et du soir qui nidifie dans les arbres et permet à l'oisellerie ses oraisons chantantes ; c'est le vent, plus vif dans les fougères que dans les ronces, qui vous herse une parcelle pour y semer du chiendent ; ce sont les demoiselles Quémeneur qui, selon Max Jacob, ont une bonne qui ne sait ni laver le linge ni filer la quenouille, mais faire le bûcheron et réparer le toit d'ardoise mieux que personne. Un brave honnête homme arrête le soleil devant sa maison et s'en fait un chapeau pour aller chercher ses vaches. Des jouvencelles, parées comme des stars, jouent les amazones sur des motos pétaradantes devant des garçons du même âge, mais plus agressivement motorisés, qui font vingt fois le tour du monument aux morts où sont inscrits les noms de leur parentèle jamais revenue de guerre. Car on y est allé et pas qu'un peu, au casse-pipe ! On a tout laissé aux femmes dans un temps de grande presse pour courir faire le mort aux quatre cents diables : à Beaugency, à Rocroy, à Malplaquet, à Wagram, au Tonkin, à Madagascar, à Verdun, à Diên Biên Phu et à Dachau.

Laissons les morts enterrer les morts. L'Evangile nous y invite qui a fortement imprégné cette terre, favorisant la mise en place d'abbayes, d'enclos paroissiaux ; jetant aux carrefours forestiers les bras déchirés, déchirants, des calvaires ; levant derrière chaque bossellement de colline une chapelle couleur de lichen et de mousse où sainte Anne, tout uniment, coiffe Marie, sa fille adorée, de la mandorle.

C'est dans ce pays qui paraît demeurer tel qu'en lui-même pour l'essentiel et qui change à vue d'œil, que je suis né d'un père maçon et d'une mère paysanne. J'ai grandi au milieu d'un peuple qui allait son train de pauvreté sans trop se poser de questions sur la richesse des autres. « Peuple que le bonheur rend triste », écrivait Charles Le Goffic à la fin du dernier siècle, ce qui ne laisse pas d'être encore vrai.

C'est sur cette lande qui fait corps avec l'océan, sur ce plateau pierreux, prétendument inhospitalier, que j'ai bu le lait de l'amour et de la liberté.

Ecrivain et journaliste, directeur de *Paris Match*, Patrick Mahé a notamment publié en 2020 *Whisky Collector* (Gründ). Il est membre du jury du Prix Bretagne.

Vannes au cœur

Patrick MAHÉ

Vannes, c'était d'abord la rue du Mené, celle de l'enfance. Mes grands-parents habitaient au numéro 12. Ils perpétuaient une dynastie d'ébénistes et, plus en amont, celle de grands marins revenus des Comptoirs de l'Inde et des Mascareignes. Le regard de leur atelier portait vers les contreforts des landes de Lanvaux. On était alors en pleine guerre d'Indochine. J'avais six ou sept ans. Les militaires déployaient leurs grandes manœuvres au Polygone. J'y revois les chasseurs parachutistes se lançant dans le vide par la porte de bimoteurs à hautes ailes, les Noratlas, dont le bourdonnement aimantait les curieux. Au-delà de la majesté des corolles qui mouchetaient le ciel, j'en ai gardé le souvenir d'une « torche », un parachute dont la voilure bloquée entraînait le soldat à la mort !

Côté cour, l'appartement familial donnait sur les vestiges de remparts miraculeusement sauvegardés. Sous Napoléon III, une lubie bien « parisienne » envisagea de « percer » le cœur historique pour construire une fantasmatique avenue, conduisant de la gare au port !

Côté rue, au-delà des pavés disjoints, depuis les fenêtres nous voyions l'école des Sœurs de la Retraite, où je fis mes premières classes. Elle s'ouvrait sur un immense jardin de centre-ville qu'une vacancière parisienne, initiée aux difficultés financières des religieuses par un notaire trop bavard, eut le mauvais goût d'acheter pour le transformer en… magasin de grande surface ! Adieu chênes centenaires (l'arbre des druides) ! Adieu gerbes d'hortensias à tête bleue ou pourpre et roseraies aux parfums enivrants… Adieu bosquets d'ifs sacrés ; adieu blanche écorce des bouleaux ; adieu cueillette sauvage des noisettes sonnant la rentrée de septembre ; adieu pommes juteuses d'Avalon. A bouchées gourmandes, nous y croquions dans le fruit des jardins de Brocéliande, une manière d'attiser les yeux et l'appétit sur la lecture du *Roman du roi Arthur*. Sous mes yeux de préado, la découverte d'un nivellement des valeurs par le bas me causait de sérieux haut-le-cœur… « Béton Blues » ! La rue du Mené (du breton *menez* : la butte) méritait mieux que cette longue façade d'un gris pluvieux. Elle plongeait, à tribord, vers les remparts médiévaux et menait au pied du quartier de Saint-Patern – l'un des sept saints fondateurs de Breizh ; notre pays.

C'est là, à l'époque même de l'envol funeste des Paras de Vannes vers Diên Biên Phu, que sonna, pour moi – j'avais sept ans donc –, l'appel de la cornemuse. Pas une Fête-Dieu ou de l'Assomption, le 15 août, sans que ne glisse sur les pavés disjoints de la rue du Mené le pas souple des *Petits Meuniers de la Tour*. D'un cœur ardent, nous guettions le souffle des « bagpipes » importés des Highlands d'Ecosse, plus grands ou presque que les petits sonneurs. La cornemuse martiale passait pour figurer le contre-chant du « satanique » *biniou-koz,* à sonorité aiguë, arme des festoù-noz, fêtes de nuit traditionnelles. Les curés de village voyaient dans cette arme de séduction massive un art profane destiné à faire voleter la jupe des filles : « *Ma Doué !* » L'abbé Jegat, promoteur de la « Kevrenn », avait choisi son camp : cornemuse et bombarde de grand'messe contre biniou de kermesse. Et son siège : les Meuniers tenaient la tour du Connétable au cœur des remparts.

Les remparts médiévaux sont le « livre d'or » de Vannes ; son label, sa griffe, sa signature « granitique ». Ils ont été édifiés par nos ducs, Jean IV et Jean V ; la tour du Connétable, elle, domine un parterre floral qui borde les eaux noires de la Marle. Longtemps des lavandières en coiffe, courbées sur les pierres rustiques, y plongèrent le linge des familles. Si le touriste pressé y photographie aujourd'hui des passantes en *kornek* ou *tri kintr* (coiffes du pays), aucun doute, il est aux Fêtes d'Arvor du 15 août, ou assiste à la parade rituelle de *Tradi'Deiz*. En ce jour de tradition pérenne claquent cornemuses… et binious enfin réunis. Les danseuses de cercles celtiques font rayonner les robes brodées.

Fort attaché à l'indépendance du duché, face aux prédateurs des monarchies rivales – France, Angleterre –, Jean IV y est couramment loué, notamment par Alan Stivell, le harpiste du « Celtic Revival ». La figure emblématique de sa chanson *An Alarc'h* (le cygne), c'est lui. Il symbolise la voile blanche qui le conduisit par la mer pour venir défendre sa Bretagne lors de la guerre de Succession.

Bras armé des Montfort, Jean IV battit les Blois alliés au royaume de France. Cela, les petits Bretons ne le savent guère, leur Histoire étant littéralement « confisquée » par l'Education jacobine, dite nationale.

Fors l'honneur, une plaque en marbre blanc, apposée sous les murailles du château de l'Hermine, rappelle en français et en breton les conditions de la fin de la souveraineté bretonne en 1789.

Au pied de ces remparts s'est tenu, treize ans durant déjà, le Salon *Livr'à Vannes / Levr e Gwened*, aimantant des centaines d'écrivains, deux cent cinquante par saison. Quand « le train des auteurs », lancé de Montparnasse, arrive en gare, un duo de sonneurs y célèbre la bienvenue. Ils font partie des têtes d'affiche du « Bagad Melinerion », traduction littérale des « Meuniers » d'antan.

Yann Queffélec, prix Goncourt et parrain du Salon – Irène Frain en est la marraine –, a reçu au nom de son père Henri le Collier de l'Hermine, distinction créée par Jean IV, perpétuée par l'Institut culturel de Bretagne. Sur le site même du Salon, deux « meuniers » prirent son pas. Ils interprétèrent *Ar Mor Divent*, « La mer est immense », hymne mélancolique sonné au pas lent. En majesté.

Derrière le Bagad de première catégorie, pointent le Bagadig, et le Bagadigdig, les juniors. Même en temps de pandémie, sous la baguette d'Etienne Chouzier, jeune et brillant chef d'orchestre, l'ensemble a réussi l'exploit d'inventer une fringante mazurka.

Confinés – comme tout le monde –, nos musiciens, rompus au jeu collectif, ont construit note après note, qui dans son salon, qui dans son garage, qui dans sa chambre-bureau, un morceau revigorant, baptisé *Bac'hadur* et ponctué par le roulement des percussions. Grande marée à succès sur les « réseaux sociaux » !

Portés par le grand public, Fêtes d'Arvor à Vannes, Interceltique à Lorient, Filets Bleus à Concarneau et bien au-delà des frontières des cinq départements bretons, nos sonneurs ont hissé leurs couleurs jusqu'au fronton de l'Olympia, à Paris. En 2016, nos « Melinerion » ont paradé à Dublin pour la Saint-Patrick, devant cinq cent mille spectateurs… A chaque fois, madeleine de Proust oblige – pour moi, crêpe Suzette ou galette de blé noir –, j'y étais. Aucun Bagad de Bretagne, sans forfanterie – le Breton, toujours modeste, a le respect d'autrui – n'a réussi un tel « grand chelem ».

A Vannes, on dévale vers le port en une poignée de minutes. Le pays côtier s'étend en éventail entre Port-Navalo et Locmariaquer, à la sortie du Golfe. Cette petite mer a légué son nom d'origine : *mor bihan*, au département. L'Océan, les îles du large – Houat, Hoëdic, Belle-Ile – ont permis d'y créer l'association sans rivale « des plus belles baies du monde ». Elles répondent à des critères en phase avec les aspirations éthiques de l'Unesco. Et que dire de La Semaine du Golfe, toutes voiles dehors. Plus d'un millier d'embarcations, flottilles pavoisées, sillonnent les flots jusqu'au bleu horizon. Le tout sous l'éclat des cornemuses et bombardes. Forcément !

Avec ses pubs irlandais, ses bars à terrasse rieuse, la Rive gauche est labellisée « Vivre jeune à Vannes ». Rive droite, le quai Eric-Tabarly ouvre la célèbre « Rabine », mot breton signifiant « allée bordée d'arbres ». Les vedettes à touristes arborent un nom breton et font flotter fièrement le *gwenn ha du* (blanc et noir sur champ d'hermines) à la proue. Un salut s'impose au *Kroasent-Tro* (giratoire) Florence-Arthaud. Une plaque bilingue y a été inaugurée par le maire, David Robo, sous la bombarde des meuniers. Le stade de la Rabine, où triomphe le Rugby Club de Vannes, résonne vingt fois par an, au vibrant *Bro Gozh Ma Zadou* (la Terre des Ancêtres), l'hymne breton, inspiré par celui de nos cousins gallois. Preuve qu'au-delà des siècles, la celtitude reste en nous : *Atav* (pour toujours).

Spécialiste de la culture celtique, Jean Markale (1928-2008) a écrit une centaine de livres. Le plus célèbre, *La Femme celte* (Bibliothèque historique Payot, 1972), a été vendu à un million d'exemplaires et traduit en vingt langues. Il a été membre du jury du Prix Bretagne.

Le jardin clos

Jean MARKALE

J'ai vécu mon enfance dans un quartier privilégié de Paris puisqu'il s'agit de l'île Saint-Louis. A l'époque, cette île n'avait rien de reluisant. Cependant j'échappais au sordide puisque l'appartement de ma grand-mère se trouvait à la pointe orientale de l'île, face à la Seine qui se perdait dans les brumes des lointains, et entouré de grands peupliers qui surgissaient des quais. Mes yeux se sont largement ouverts sur l'eau et les arbres, et mes oreilles ont été bercées par le bruissement du vent dans les feuilles. C'est sans aucun doute ce contact intime avec ce qui restait de nature au milieu de la ville qui a déclenché en moi ce violent désir, je dirai même besoin, de m'égarer dans des clairières, respirant l'odeur végétale mêlée à celle, plus fade, de l'eau des étangs, voire à celle plus puissante et iodée de la mer. Je ne savais pas alors que le sanctuaire des druides, le *nemeton*, n'était qu'une clairière perdue dans une forêt, mais je le sentais sûrement. Je ne me sentais pas citadin. Je n'avais qu'une idée : que l'on m'emmenât ailleurs, là où le vent souffle librement dans des espaces que rien ne limite. Et cela, personne ne me l'a jamais appris. Il me semble que cela faisait partie de mon être. Je voulais être ivre de vent et d'odeurs de terre mouillée.

Il y avait aussi le jardin de mon grand-père, à Vigneux-sur-Seine. Ce jardin était pour moi un monde clos où je retrouvais l'essence même de mes rêves. Le soir, quand il avait fait très chaud, les fleurs répandaient d'abondants parfums qui s'éternisaient dans ma mémoire. Les belles-de-nuit s'épanouissaient dans l'ombre. Des chauves-souris tournoyaient silencieusement. Un vent léger faisait frémir les tiges des roses trémières. C'était l'heure où je rassemblais les images que j'avais accumulées durant la journée : la couleur des dahlias, la teinte complexe des capucines, mais aussi la fantaisie des haricots grimpants, la somptuosité des citrouilles, le mystère des choux pommés et le balancement des fruits sur les branches des arbres. Là était le « vert paradis des amours enfantines ». J'ai vécu de grandes joies dans ce jardin, et j'y ai beaucoup appris sur la naissance, la vie et la mort. C'était d'abord le mystère des graines qu'on mettait en terre et qui germaient. Quel étrange phénomène que cette vie potentielle enfermée dans un grain insignifiant ou dans un noyau ! J'ai toujours été incorrigible, voulant de toutes mes forces franchir les barrières qui me séparaient de l'invisible. Toutes les occasions étaient bonnes : une promenade, une lecture, une chanson entendue quelque part dans une cour, le gazouillement d'un serin enfermé dans une cage, le ronflement d'une flamme dans la cheminée, le cri de la chouette certains soirs quand la lune se cachait.

Mais ce n'était rien en comparaison de ce que je pouvais éprouver quand nous nous évadions de cette agglomération parisienne, revenions sur les traces de nos ancêtres.

Durant mon enfance, le centre d'intérêt était au nord-est du Morbihan, autour de Mauron, dans l'orbite de ma grand-tante, religieuse au monastère de l'Action-de-Grâces, et de mon grand-oncle établi dans le village de Tréhorenteuc. Ce n'était plus le pays bretonnant, mais le pays gallo. C'était pourtant la Bretagne, même si ce n'était pas encore la « Brocéliande » que tout le monde connaît à présent, et dont j'ai probablement été l'un des premiers à mesurer l'importance exceptionnelle dans la culture européenne et même universelle.

Brocéliande m'a nourri plus intensément que n'importe quel être, que n'importe quel pays réel ou imaginaire, et a conditionné de façon irréversible ce qui allait devenir mon itinéraire intellectuel et spirituel. Brocéliande est dans ma mémoire de façon indélébile : au bord d'un étang, lorsque je regarde les arbres, je suis incapable de déterminer où se trouvent les arbres réels, tendus vers le ciel, et leur reflet tendu vers l'immensité de l'eau.

Brocéliande a fait irruption dans ma conscience à travers les buissons qui bornaient les frontières d'un jardin clos. Elle m'est apparue insensiblement à travers des branches de framboisiers, dans un jardin douillet où il faisait bon vivre. La forêt était mon horizon. « Pourquoi ne va-t-on pas dans la forêt ? » La réponse était immuable : « Quand tu seras plus grand. » Je devais être patient et prendre possession de la forêt en l'imaginant. On pourrait dire que c'est encore une histoire de jardin, pâle reflet du jardin du Moyen Age où les amants se donnaient rendez-vous furtivement, protégés par l'énigmatique chant du rossignol.

C'est dans ce jardin clos que tout a commencé. Ces odeurs d'enfance, elles demeurent profondément gravées dans ma mémoire. En ce jardin, plus tard, je retrouvais un peu de moi-même. L'odeur des framboises me hantait, mêlée à celle de la rose ancienne ou à celle des troènes dont un buisson marquait la limite du jardin.

« Viens manger », disait ma grand-mère. Le jour de notre arrivée, c'était un rituel immuable. Mademoiselle Davoine apportait la soupe fumante dans une soupière. Je m'offusquais. De la soupe à midi ! Mais cette soupe, c'était quelque chose ! Il y avait d'abord l'odeur. Car c'était une vraie soupe, c'est-à-dire des tranches de pain humectées d'un bouillon de poireaux et de pommes de terre, et comme en ce temps-là le pain quotidien des campagnes était du gros pain au levain authentique, cela donnait un goût et une odeur acides qui, se mêlant à l'odeur des légumes et aux tenaces relents de cire qui suintaient des meubles, provoquaient en moi un dépaysement générateur de rêves. Mademoiselle Davoine était une vieille fille, bigote toujours fourrée à l'église et au monastère où se trouvait ma grand-tante. Sa soupe extraordinaire, acide et inoubliable, a été l'un des creusets dans lesquels j'ai mélangé des sensations, des raisonnements, des informations pour essayer d'en extraire la vie telle qu'elle est vécue et non telle qu'elle est réglée par des planificateurs atteints de déraison.

Ce rituel était en quelque sorte une initiation. Par lui, je pénétrais dans un monde autre, celui que j'avais choisi dans mes rêveries. Je me trouvais sur le chemin qui menait vers le soleil. Pour cela, il me fallait le vent dans les arbres et l'odeur des feuilles pourrissantes. Quand nous nous promenions, ma grand-mère et moi, autour de Mauron, je m'arrêtais pour écouter le vent dans les branches, le merle dans les arbres. « Il chante pour appeler la pluie », disait ma grand-mère.

En 1937, nous prîmes nos quartiers non loin, dans un ancien presbytère. Là aussi il y avait un jardin de curé. Ce jardin fut tout de suite mon domaine, d'autant plus qu'on y voyait d'admirables couchants, rouges et mordorés comme je les aime, envoûtants, tragiques et pourtant d'une douceur qu'on ne peut exprimer. L'ombre du monastère était là, et avec elle surgissaient les interrogations. D'où venais-je ? Qui était Dieu ? Quel était le but de la vie ? Je sais qu'au fond de moi j'ai une sorte de vocation sacerdotale qui s'est souvent manifestée par cette volonté farouche de faire éclater le monde des apparences.

Je rencontrai là pour la première fois l'abbé Gillard, recteur de Tréhorenteuc, et cette rencontre fut capitale pour mon cheminement, comme si ce prêtre de quarante-cinq ans avait été l'incarnation temporaire de Merlin. C'est lui qui me fit pénétrer au cœur de Brocéliande et m'en expliqua les arcanes les plus secrets. Dès lors, je sus que je ne pourrais plus revenir en arrière. Mais le chemin qui s'ouvrait devant moi était long et difficile…

Extraits de *Mémoires d'un Celte*,
choisis et réunis par Claire Fourier

Gilles Martin-Chauffier est rédacteur en chef de *Paris Match*. Il est également romancier et essayiste. Il a notamment publié *Le Roman de la Bretagne*, sur l'histoire d'une région à laquelle il est très attaché de par ses origines vannetaises. Il est membre du jury du prix Bretagne.

Comme le menhir de Penhap sur la lande

Gilles Martin-Chauffier

Dans mon enfance, parcourant l'île à vélo avec mon cousin Jean-Jacques, on croisait souvent l'abbé Robin, le recteur de l'île, bréviaire à la main. Pour nous, une autorité. On freinait, on baissait la tête et on saluait. Pas question, le dimanche, de ne pas assister à sa messe. Ma grand-mère ne nous accompagnait jamais. Pour elle, les religions posaient plus de problèmes qu'elles n'apportaient de solutions. De là à le dire en public… Motus. Sa sœur, tante Ginette, était religieuse à Merdrignac. Chaque été, on demandait une dispense à l'évêché pour qu'elle vienne deux jours à Kergantelec. Elle-même ne jouait les chrétiennes qu'une fois par an, le vendredi saint. Le dîner se résumait alors à une tasse de chocolat. Elle tenait beaucoup à cette version du jeûne. Nous aussi. On adorait ! Il paraît que c'était la coutume chez elle, à Brest. Mon grand-père, lui, était croyant. Un vrai chrétien majuscule. Jeune homme, il avait bien connu l'abbé Bremond qui passait ses vacances sur l'île et avait signé une définitive *Histoire littéraire du sentiment religieux en France*. Du sérieux ! Et même de l'ennuyeux. Du coup, découragé d'avance par notre indifférence, il ne parlait jamais de ces graves matières. Il allait en revanche tous les dimanches à la messe et ma grand-mère, bonne épouse, veillait à ce que nous y soyons aussi. Jean-Jacques et moi obéissions, mais de notre côté. Après l'office, on la retrouvait tous, patientant sur le parvis qui domine la plage de Port-Miquel et, au loin, l'île d'Arz. Avant que l'île aux Moines ait son église, la légende raconte qu'on suivait à la jumelle l'office de celle de l'île d'Arz qui hissait des drapeaux pour l'offertoire, la consécration et la communion. Pas d'ambiguïté, malgré son nom, notre île n'a jamais été un caillou pour ratichons confits en dévotion. Elle appartenait simplement à un monastère de la presqu'île de Rhuys. On a attendu nos propres cloches pendant des siècles.

Le clan reconstitué, on revenait donc à la maison en faisant étape à la pâtisserie, chez Vinet, une immense salle en bois sculpté, le sanctuaire des réceptions chic.

Aux vacances de Pâques comme pendant l'été, on recevait au moins une fois à déjeuner le recteur. Excédée d'avance par les fous rires que Jean-Jacques et moi enchaînions maladivement, ma grand-mère nous mettait en condition : « Pas un mot ! » On commençait rituellement par oublier le bénédicité – qu'on ne prononçait jamais – et par nous asseoir sans attendre la petite formule magique : « Merci, Seigneur… » Le recteur Robin s'en amusait, mon grand-père aussi. Moins ma grand-mère qui, pourtant, le reste du temps, nous passait tout. Bref, nous nous taisions. Sauf une fois, j'avais dix ou onze ans. Le sermon m'avait plu. Un vrai miracle. Des phrases claires et des sujets qui avaient l'air reliés à la vie réelle. Je n'écoutais pas. J'avais senti comme un courant d'air frais. Bien plus vivant que le pieux ronron des sermons de Notre-Dame d'Auteuil ou de la chapelle du collège à Saint-Jean-de-Passy, plutôt soporifiques. Non que j'aie eu déjà des idées précises sur ce que j'aurais aimé entendre. Je n'ai jamais cru en Dieu, même à cinq ans. Ce qui ne m'empêchait pas d'avoir de très bonnes notes en instruction religieuse. Ni de servir la messe, terrorisé à la perspective de ne pas agiter la clochette au bon moment pendant la consécration mais tout fier dans mon aube. Bref, un parfait petit chrétien. Je le suis resté d'ailleurs. Je ne crois toujours pas mais j'ai mis mes enfants à Saint-Pierre-Fourier, tout le monde est baptisé et je déteste qu'on dise du mal du pape. De là à entrer dans des discussions sur le sujet de la foi, jamais. Sauf ce jour où j'ai félicité le recteur pour son sermon. Ma première phrase de grande personne. Lilliput donnant un bon point à Gulliver.

Aurais-je retourné mon assiette sur la nappe que la table n'aurait pas eu l'air plus éberluée. « On croit rêver », a dit ma grand-mère d'une voix sépulcrale. J'ai cru qu'elle allait m'envoyer jusqu'à la fin de l'été réciter des « Pater Noster » au fond du jardin. Mais non. Le temps qu'elle délibère en elle-même sur la sanction, le recteur est venu à mon aide, enchanté que j'aie remarqué la différence avec ses causeries habituelles : « Le 15 août et le 24 décembre, je garde les éditoriaux de *Ouest-France* pour les lire parfois à la messe, comme aujourd'hui. Ça nous change. Je suis content que vous y ayez été attentif. » Mon heure de gloire ! Comme Fréderic II à Rossbach : quand tout est perdu, soudain la victoire. Depuis, je ne loupe jamais ces fameux sermons de notre quotidien chéri. Ces phrases sont ma madeleine de Proust ! Chaque fois, je me revois en culotte courte, ébahi par mon audace et par son succès. Pendant des années, ils furent signés par Jeanne-Françoise Hutin, la femme de « Citizen Rennes », le propriétaire de *Ouest-France*. Aujourd'hui, sa fille Jeanne-Emmanuelle a pris le relais. Dans une presse où tout change, l'éditorial du 15 août est toujours là, planté sur sa page comme le menhir de Penhap sur la lande. J'en savoure chaque note. C'est la Bretagne qu'on aime. Attachée à ses marottes mais généreuse, un peu démodée et têtue mais bonne fille, moderne à force de ne pas chercher à l'être. Avec ça, chrétienne mais sans emphase. Dans cette région, Dieu est comme le sel dans la mer. Il reste partout mais on ne le voit plus nulle part.

Des années plus tard, le recteur Robin a quitté l'île. L'âge et l'évêché l'ont écarté. Ceux du bourg suggèrent qu'il vidait un peu trop les burettes. Mais il lisait toujours *Ouest-France*. Quand il a vu l'annonce de la mort de mon grand-père, il a proposé de venir dire la messe pour l'ami de trente ans qui venait discuter avec lui au presbytère. Pas question de lui refuser. C'était devenu un vieux monsieur. Le paradis ne l'attendrait plus très longtemps. Là-haut, malheureusement, on ne sert pas de vin. Aussi s'en offrait-il volontiers quelques dernières gouttes. Il nous a paru un peu dans les nuages mais rassurant : on ne perd pas ainsi soixante ans de routine liturgique. La messe, pour un recteur, c'est un peu comme le vélo, on retrouve tout de suite ses marques. Disons que son service fut assez déconcertant mais poétique. Monté en chaire pour évoquer son camarade défunt, il lut tout simplement la nécrologie publiée dans son cher *Ouest-France*. Mais il dut la trouver trop longue car il s'arrêta à l'année 1943, juste avant l'arrestation de mon grand-père par la Gestapo. Le retour de l'abbé vers l'autel fut un peu hasardeux. Cahin-caha, on est quand même venu à bout de l'exercice dans une atmosphère qui tournait franchement à la bonne humeur. Comme pour nous entretenir dans cet état d'esprit, revenu à la sacristie et sans doute intrigué par un nouveau boîtier électrique, au lieu du glas, il lança le carillon. Sans l'oreille d'une vieille amie de ma mère, personne ne s'en serait rendu compte. Dieu était de bonne humeur, c'est tout.

Né à Quimper, Anthony Palou est chroniqueur au *Figaro*, et écrivain. Lauréat du Prix Bretagne en 2011 pour son ouvrage *Fruits et légumes* (Albin Michel), il a publié, dans la même veine nostalgique, *Dans ma rue y avait trois boutiques* (Les Presses de la Cité) en 2021, qui a obtenu le Prix Renaudot de l'essai.

Le bol à oreilles
ou le passé recomposé

Anthony Palou

Il me souvient : j'avais cinq ans et, pour mon anniversaire, mes grands-parents maternels m'avaient offert un drôle de cadeau. Un drôle de bol. Il avait des oreilles et portait mon prénom, lequel, à l'époque, n'était pas bien courant. Pas peu fier, je devenais presque célèbre. Je ne sais pourquoi, en 1965, ma mère choisit de m'appeler « Anthony ». Et peu m'importe. Bien plus tard, devenu journaliste au *Figaro*, j'eus l'occasion de m'entretenir au téléphone avec Alain Delon qui m'avait déclaré : « Cher Anthony, si vous vous appelez ainsi, c'est grâce à moi, c'est grâce à mon fils », son fils né huit mois avant l'auteur de ces lignes. Sans doute n'avait-il pas tort. Mais revenons à ce fameux bol breton communément appelé « bol à oreilles », une invention qui daterait du XVIIIe siècle, inspirée par les écuelles des paysans, ces écuelles qu'ils remplissaient de soupe, de bouillon. On dit que sa forme définitive – couleur blanche, liseré bleu et motif folklorique – fut fixée en 1950 par Raymond Cordier, chef d'atelier de la région de Pornic. Ainsi, au fond du mien, il y avait un couple breton en costume, *chuppen* pour l'homme, coiffe pour la femme, genre *La Belle Angèle* de Gauguin sur fond de chapelle, que je redécouvrais chaque matin lorsque je terminais, en vacances chez mes grands-parents, ma Ricoré dans laquelle je trempais une maigre biscotte sans sel. Car, après de multiples prises de sang, un toubib m'avait mis au régime sans sel, ce n'était pas bien gai. Comme j'adorais le son de ma cuillère qui frappait ici et là la faïence. Ding, dong, ding, dong. Ce fut la première musique, sans doute, que j'orchestrai.

Le bol à oreilles rassurait le pauvre petit garçon que j'étais qui s'amusait, tournicotait et retournicotait inlassablement sa cuillère, le nez plongé dans cette belle faïence. Il y voyait, agitant ses petites jambes qui ne touchaient pas encore terre, des choses improbables, des histoires à venir et il s'y sentait bien. Son bol devenait sa lampe d'Aladin. Il y trouvait tout un univers. Dans la forêt de Brocéliande, s'y croisaient elfes et korrigans, fées, enchanteurs et chevaliers. La ville d'Ys engloutie sous les flots lui apparaissait, avec ses tourelles, ses remparts et son donjon. L'Ankou traînait sa charrette. Et lorsqu'il regardait par la fenêtre le monde qui lui paraissait curieux, crasseux, Anthony pensait qu'il n'aurait jamais dû sortir de son bol magique. Il allait construire des ponts et des siècles, il allait se jouer de la tragédie, il allait traverser la vie à toutes pattes, tel un chat.

Mais par la vitre, un matin d'hiver, il observa des oiseaux qui picotaient quelques bouchées de margarine que sa grand-mère avait déposées sur le rebord de la fenêtre. Et puis, et puis… il y avait cette cuisine, cette table. Il y avait des mouches collées à la toile cirée, toutes piégées par des taches de confiture.

J'aimais bien les mouches. Parfois, elles se noyaient dans mon bol. Et puis, un matin, une seule s'est sortie de l'affaire et je l'appelai Sophie. Pourquoi ? Je ne sais toujours pas. Sans doute pensait-elle qu'elle nous enterrerait tous.

Dès les années 1950, le bol à oreilles devint un objet non pas à la mode mais commode. Mon bol était un pur Henriot de la grande faïencerie de Quimper sise dans le quartier de Locmaria au bord de l'Odet. Presque un objet de collection. Un jour, un guide touristique m'apprit ceci : « HB-Henriot perpétue l'art de la faïence peinte à la main et la tradition du célèbre décor à la touche. Une institution. Depuis trois siècles, les mêmes gestes. Une des plus anciennes entreprises françaises encore en activité. »

Adolescent, j'aimais traîner mes Pataugas du côté de Locmaria. Je passais invariablement devant l'usine Henriot. Ce vieux quartier de Quimper n'avait pas bonne mine, il y avait des types comme moi, ils rôdaient, cherchant on ne sait quelle inspiration. Je m'asseyais sur un banc, renifleur quimpérois, regardais l'eau verte, noire olive moirée de l'Odet passer, puis je rentrais à la maison.

Toujours, je me suis intéressé à l'histoire de mon bol. Il y en a qui ont un chien stupide, moi j'ai un bol stupide. De la faïencerie Henriot. L'actuel propriétaire, Jean-Pierre Le Goff, m'en a raconté la destinée : « Vous avez deux sortes de bol. Le bol Henriot, que nous étions les seuls à fabriquer, est entièrement décoré à la main avec une multitude de motifs dont une trentaine de base. Il y a le bol pour touriste avec un couple de Bretons ou de Vendéens, avec un prénom soit écrit à la main, soit en décalcomanie. En Bretagne, le bol Henriot se conçoit comme le premier cadeau que l'on offre à un enfant. Mieux qu'une timbale en argent. Et la gamine ou le gamin va, toute sa vie, le garder en mémoire. » Ce n'est pas faux. « Le bol à oreilles, c'est l'antidépresseur de base pour un Breton. C'est notre madeleine de Proust, il rend heureux. Tout le monde reproduit aujourd'hui le modèle des bols bretons, les Chinois, les Portugais… » Jean-Pierre Le Goff ne s'en désole nullement.

Je devais avoir dix ou onze ans, lorsque, un matin, ma mère m'a dit que mon bol à oreilles n'était plus là. Il avait, non pas disparu, il avait été tristement brisé. J'ai demandé à ma mère où se trouvaient les restes. « Dans la poubelle », me dit-elle. Eh, eh, ai-je pensé, une seule chose à faire, filer vers la poubelle. Fouiller, fouiller encore. Voici un morceau, en voilà un autre. Je reconstituai mon prénom. « An », « tho », enfin, le « ny ». Je me reconstruisais. Je me recollais. Je me sentais puzzle. Toute mon enfance, les profs m'ont tiré les oreilles que j'avais déjà, il faut bien le dire, un peu décollées. Elles se sont un peu camouflées avec le temps. Piètre privilège de l'âge. Le bol breton ou le passé recomposé d'Anthony.

Jean Picollec a grandi à Concarneau, et a fait toute sa carrière dans le monde de l'édition. Il est le fondateur de Jean Picollec Editeur. Il est membre du jury du Prix Bretagne.

La Bretagne, pour moi, c'est Concarneau

Jean PICOLLEC

Limité au sud-est par la pointe de Trévignon, au sud-ouest par Begmeil et en plein sud les Glénan, avec leur chapelet d'îles Saint-Nicolas, Penfret et Fort Cigogne, chéris par tous les voileux du centre des Glénan et le Loch. Voilà Concarneau.

Son port et la Ville Close.

Celle-ci est unique dans l'Hexagone, une forteresse de Vauban plantée au milieu de la mer, et de surcroît une forteresse habitée, où l'on vit, où l'on travaille et où aussi… on meurt. Ma grand-mère paternelle et mon père y rendirent leur dernier souffle.

J'habitais près de mes grands-parents maternels et fréquentais l'école communale du Lin : cela t'évoque quelque chose, Michel Piriou des chantiers, et toi, Guy Cotten des cirés ?

Ce qui m'attirait, c'étaient le port et la mer, donc les grèves.

Le port, c'étaient alors les thoniers et les sardiniers. Quand les premiers entraient majestueusement, les cales emplies de germons avec leurs tangons, et leurs voiles rouges, bleues, ocre, quel spectacle, quelle émotion !

Pas bien vieux, six-sept ans, je courais près de la cale pêcher. Pêcher des chinchards. Avec une simple ligne, sans canne et sans bouchon. Ainsi, j'avais la sensation immédiate et directe quand le poisson mordait : toutes ces secousses étaient jouissives même si à la longue elles entaillaient l'index profondément à cause du crin de ma ligne, tendu, tiré par la lutte du chinchard pour m'échapper.

J'en faisais des pêches superbes sous l'œil souvent interloqué des touristes. (En effet, au pied de la cale débouchait l'égout, de quoi appâter le poisson ?) Je rapportais, réjoui, ma pêche abondante (ce qui aurait fait braire tous les écolos). Bien sûr, il n'était pas question de la manger : à cause de ma zone de pêche certes très poissonneuse mais, revers de la médaille, à la salubrité douteuse. Je nourrissais tous les chats du quartier.

Bien que privé non de dessert mais de mon poisson-poison, je ne me suis pas découragé et je fus un pêcheur assidu de la cale, où d'ailleurs je retrouvais plusieurs copains.

Le jeudi, j'allais à la grève même par temps maussade, me promener, courir sur les rochers, affoler quelques crabes dans leurs trous d'eau de mer, mer emprisonnée lors du reflux. Surtout, je cueillais les berniques. Quelquefois, je les ramenais à la maison où nous les mangions avec du pain et du beurre. En général, je les croquais, toutes crues, sans rien. Cette cueillette était simple : soulever le goémon où la bernique était cachée (les meilleures car à l'abri du soleil donc les plus fraîches, dans les deux sens du terme), un coup de couteau pour la décrocher du rocher puis un autre pour la décoller de sa coquille et hop ! sous la dent.

J'aimais tout dans cette pêche.

Plus que dans celle des rigadots (l'Académie parle de coques). La zone de pêche est différente : pas de rochers mais une plage bien sablonneuse et pas trop fréquentée (ainsi la plage de la Belle Etoile au Cabellou). La première fois que mon père me demanda de l'y accompagner, j'étais fier et juste un brin inquiet : « Que dois-je faire ? Comment ça s'attrape ? » La réponse paternelle fut brève : « C'est simple, tu plonges ta main dans le sable et tu ramènes un ou deux rigadots. »

Je le regardais, il n'avait pas l'air de se payer ma tête.

Docile, je fis comme il me l'a dit : j'ai ramassé aussitôt un coquillage, je recommence, encore un, je réitère, même résultat, je persévère et ma main n'est pas vide. L'évidence est claire : mon père m'avait dit la vérité.

Il y a de quoi être surpris : vous n'avez pas besoin de matériel, vous n'avez pas besoin de partir au loin, de prendre des risques, non, là, à quelques centimètres de profondeur, vous saisissez sans apprêt et sans appât votre proie. Et sans risque d'être piqué, mordu, pincé. Une vraie pêche de rêve pour un garçonnet. Et en plus, votre pêche, la famille en fera un vrai repas ! De quoi être fier… La seule astuce est de repérer dans le sable le petit trou que provoque la respiration des rigadots.

Concarneau est une ville laborieuse entre les marins en mer, la criée dans la glace de minuit à 6-7 heures du matin et les femmes à l'usine (souvent des conserveries de sardines), les réjouissances, peu nombreuses, mais l'avant-dernier dimanche d'août, c'est fête !

Ce sont les Filets Bleus, la plus ancienne « fête folklorique » de Bretagne, c'est un défilé de coiffes (celles de Fouesnant, Pont-Aven sont les plus belles), de costumes, un éblouissement de couleurs (n'est-ce pas Plougastel-Daoulas ?), un carrousel de danses (de la gavotte au jabadao, en passant par l'*an-dro*), le tout scandé par les binious et les bombardes qui racontent notre vie, nos joies, nos labeurs, nos misères, nos facéties, nos espoirs (oh ! *An Alarc'h*), et nos malheurs (oh ! *Maro Ponkalleg*). C'est la Bretagne qui chante, qui célèbre ses racines, l'unicité de sa communauté. C'est la fête de la Bretagne.

Je rentrais me coucher ivre de musique et de mouvements, le ventre plein de gâteaux et de glace. Heureux ! J'avais eu du goût.

Ancien président du jury du Prix Bretagne, Patrick Poivre d'Arvor, né à Reims, se présente comme « breton d'origine et de cœur ». Ecrivain, journaliste, il a publié en 2020 *La Bretagne au cœur* (Le Rocher).

Jamais je n'oublierai…

Patrick Poivre d'Arvor

Je suis né et j'ai grandi à Reims. Longtemps, chez moi, la Bretagne a été d'abord un manque. Que je n'ai eu de cesse de combler. Pourquoi cet amour fusionnel pour la Bretagne alors que je n'y suis pas né ? Mon père était originaire du Trégor et c'est à Trégastel, dans notre fief familial, que j'ai passé tous mes étés dès l'âge de trois ans. Toute l'année, je me languissais de la Bretagne. J'attendais avec impatience les vacances scolaires. Là-bas, je vivais deux mois merveilleux, un enchantement. Je crois que ce « déracinement » m'a permis d'être plus breton que les Bretons ! Pour eux, est breton celui qui peut se revendiquer du droit du sol, celui qui se revendique du droit du sang, mais aussi celui qui se revendique du droit du cœur. Or je peux l'affirmer – et j'en suis fier et heureux : j'ai la Bretagne au cœur…

C'est entre Trégastel et Ploumanac'h que, peu de temps avant la Révolution, des marins pêcheurs bâtirent une petite maison dans laquelle j'ai élu domicile depuis une quarantaine d'années. C'était pour moi un retour à l'enfance, cet état d'esprit si précieux que Bernanos plaçait au plus haut de l'âme humaine. Cette maison, je l'ai approchée pour la première fois alors que j'avais à peine trois ans. Nous venions en famille à Trégastel, logeant dans des hôtels qui avaient pour moi le charme d'une cour de récréation. Quand j'arrivais, j'étais un enfant heureux, je me sentais en liberté après dix mois entre des murs trop gris. Mon imagination galopait jusqu'aux rivages de la mer et jusqu'aux murs de cette maison qui allait devenir mienne des années plus tard. [...] Déjà, la Bretagne était mon sanctuaire.

J'ai baptisé ma maison *Crech Maneger Noz*. *Crech*, parce qu'elle est située sur un chaos de rochers roses issus d'une des nombreuses secousses telluriques que connut la Bretagne. Et *Maneger Noz* parce que cela évoque « le lutin qui brouille le crin des chevaux la nuit ». Un lutin qui court les landes et les grèves, à la nuit tombée, comme les korrigans, les célèbres feux follets de chez nous. Ils sont partout, seuls ou en groupe, serviables ou facétieux, mais toujours présents. Ces gnomes espiègles ou vifs ont une allure humaine, mais ils sont de toute petite taille. On ne les repère pas facilement entre menhirs et dolmens ou dans les sous-bois. Peu actifs en hiver, les korrigans se calfeutrent sous terre ou au creux des arbres. Aux beaux jours, ils deviennent plus familiers, effrontés, sans cesse disposés à taquiner l'incrédule. Certains se glissent même dans les maisons pour y faire des farces à leurs occupants, voire les effrayer. Est-ce pour ces korrigans espiègles que j'ai fait bâtir, surplombant ma maison, à cheval entre deux larges cyprès, cette cabane en bois qui me sert de bureau et de bibliothèque ? Est-ce pour qu'ils m'accompagnent, à la nuit tombée, dans mes rêveries et souvenirs mélancoliques ? Est-ce pour qu'ils inspirent mes mots alors que les premières pages d'un roman s'esquissent ? Est-ce pour qu'ils me livrent les secrets et mystères de leur Bretagne ? Cette cabane était un rêve d'enfant…

Jamais je n'oublierai le regard émerveillé de l'enfant que j'étais, que je reste, fidèle à « l'esprit d'enfance » si cher à Bernanos, lors de mes retrouvailles estivales avec l'océan de Bretagne, multiple et singulier.

Jamais je n'oublierai la morsure froide de l'océan à l'heure du premier bain, dans l'aurore naissante.

Jamais je n'oublierai le fracas des vagues éclaboussant la roche, à Saint-Malo, le long de la plage du Sillon.

Jamais je n'oublierai le goût du kouign amann de Thierry Breton, qui irradie de plaisir beurré le palais.

Jamais je n'oublierai que la Bretagne, c'est bien plus que la Bretagne. Dans la lignée de cette vérité apocryphe : « Le silence après Mozart, c'est encore du Mozart. » Si certains irréductibles sont persuadés que la Bretagne s'arrête à Landerneau, je ne peux être en accord avec eux. Née à Nantes, ma mère était bretonne.

Jamais je n'oublierai le mélange de peur et de fascination qu'exerçait sur moi l'Ankou, cette représentation bretonne de la mort, que Prosper Mérimée avait baptisée « le spectre hurleur ».

Jamais je n'oublierai que je suis né à la littérature avec les poèmes que mon grand-père, Jean d'Arvor, qui aimait tant la Bretagne, me lisait. Ces vers, notamment, de Charles Le Goffic :

La mer du Trégor, féerie éternelle
Dont tu caressais tes yeux chaque été
Ici tu seras encor tout près d'elle
Près d'elle, mon cœur, pour l'éternité.

Jamais je n'oublierai que la Bretagne est une terre de fêtes où l'on aime s'amuser, rire, danser, chanter, trinquer et célébrer la beauté. Et chaque ville, chaque village, possède sa fête qu'il me plaît de psalmodier telle une suite de mots de passe : le Festival interceltique de Lorient, les Filets Bleus à Concarneau, Etonnants Voyageurs à Saint-Malo, les Vieilles Charrues à Carhaix, et tant d'autres…

Jamais je n'oublierai que, en Bretagne, il ne pleut que sur ceux qui le veulent bien et que, ici, le ciel a des teintes pastel qui n'existent nulle part ailleurs.

Jamais je n'oublierai que j'ai longtemps cru que tous les saints étaient bretons : saint Malo, saint Guirec, saint Brieuc, saint Tugdual, saint Corentin…

Jamais je n'oublierai que la Bretagne vit en moi, à chaque instant, tel un film d'aventures, tel un roman d'amour. Le plus beau des films. Le plus beau des romans.

Jamais je n'oublierai que la Bretagne habite mes yeux, mon souffle, ma peau, mon sang, et chacun des battements de mon cœur.

Jamais je n'oublierai que la Bretagne, depuis ma plus tendre enfance, est le beau souci de ma vie.

Yann Queffélec, amoureux de la mer et de la Bretagne, est l'auteur du *Dictionnaire amoureux de la Bretagne* (Plon) et de sa version illustrée (Plon/Gründ/Fayard). Il a reçu le Prix Bretagne en 2003 pour *Boris après l'amour* (Fayard).

Météo

Yann Queffélec

Me na gredann ked em c'halon
E krogfe enn on, eunn dragon

… ou de savoir un jour à l'avance s'il va pleuvoir ou non sur la pointe de Bretagne, et si l'Aber va devoir se serrer les coudes autour d'un vin chaud.

Le matin, le facteur dépose *Le Télégramme de Brest* sur le bahut de l'entrée. Ma grand-mère s'en empare. En dernière page, c'est la météo. On voit la France en vert et, région par région, les soleils du temps prévu : soleils riants, moins riants, soleils noirs. Le Sud est hilare, l'Ouest grognon. La navrance imprègne le visage de grand-mère qui s'efforce d'amadouer la célèbre tendance ultérieure du temps, un vrai titre de roman d'angoisse. Voyons voir un peu ce qu'en dit *Ouest-France*. Quelqu'un a vu *Ouest-France* ?… Lundi : couvert. Mardi : belles éclaircies dans la soirée, nombreux hectopascals en perspective, anticyclone espéré aux Açores avec influence éventuelle sur la pointe de Bretagne. Mercredi : brume en début d'après-midi, se dégageant par l'ouest dans la soirée. Jeudi : pluie et vent. Vendredi : vent et pluie. Samedi : beau temps, retour aux conditions anticycloniques, écran total à volonté.

Le samedi venu, le front chaud promis, trop chaud, faisait se succéder une pluie lourde et tiède et une pluie froide et fine, une dépression minuscule se creusait sur l'Iroise à l'entrée du goulet de Brest et le soleil se voilait à l'heure du bain. Les bikinis disparaissaient sous les gros pulls tricotés maison par des belles-sœurs démoralisées, les boissons chaudes fumaient dans les bols chinois ébréchés des officiers de marine morts au combat. C'était à nouveau le bruit doux de la pluie par terre et sur les toits, sur la mer comme au ciel, et jusque dans les yeux de ma grand-mère accrochée coûte que coûte à la dernière page d'un *Télégramme* à tordre. Elle s'en voulait de consulter un journal de si mauvais augure. Elle enfermait les numéros pluvieux dans le placard sous l'escalier, avec les boules de pétanque et les produits d'entretien, là où, par dizaines, d'autres *Télégramme* en pénitence attendaient d'envelopper les épluchures et les têtes de poissons. Par le biais du journal, ma grand-mère menait une lutte aveugle contre ses filles attirées par le Sud et contre ses belles-filles amoureuses du Midi, pâmées à l'idée de rôtir sur le sable en mini-maillot, en feuilletant des magazines. Le pouvoir de la pluie et du beau temps, dont certains se flattent au sens figuré, était le seul que ma chère grand-mère voulût exercer au plein sens du mot. Et sûrement rêvait-elle en son for intérieur de supplanter le rédacteur en chef du *Télégramme*, non par conviction politique, uniquement pour intervertir des prévisions iniques : inonder la Côte d'Azur, jeter un brouillard givrant sur Bandol et Saint-Tropez, et restituer à l'Ouest les soleils de cocagne usurpés par la Méditerranée, ce *Mare Nostrum*, cette flaque sans vie, sans reflux, sans poissons ni parfums iodés, ce brouet turquoise dont osaient se languir ses brus en jouant à la manille ou au nain jaune, cependant que les gouttes s'obstinaient à frapper les persiennes. Le Sud, la grande affaire. Aspirer au Sud, c'était faire acte de rébellion. C'était désavouer la mer, infidélité suprême ; c'était consommer l'adultère aux dépens de toute une généalogie dont l'arbre s'enracinait ici même et ne souffrait pas d'arbrisseaux à l'écart du foyer. C'était briser l'omerta du temps pourri que chacun s'ingéniait à préserver et cacher. C'était reconnaître en présence de ma grand-mère et de l'oncle Jo, de toute une famille accoutumée sur ce chapitre à motus ou bouche cousue, que non seulement il pleuvait des cordes à l'Aber au mois d'août, mais qu'en plus on pouvait désirer passer les vacances ailleurs.

Au Sud. Chaque jour, à l'heure des repas, les mêmes mots s'échangeaient sur les valeurs comparées du temps labérois et, par exemple, au hasard, du temps provençal. Canicule à Nice ? Veinards que nous sommes, nous autres les privilégiés des nuits fraîches et du noroît dégoulinant. Inondation à Nîmes ? Compassion à l'Aber. Ventait-il huit jours d'affilée chez nous, à ne pas mettre un pied dehors, à ne pas risquer un voilier sur l'eau, ma grand-mère soupirait d'aise. Allons, mes enfants, remerciez le bon Dieu, louez saint Antoine. Vous entendez ?

Quelle beauté, cette tempête, quelle puissance et quel entêtement, cette pluie ! Les bateaux sont emportés à la dérive et les pêcheurs ne sortent plus, c'est épatant. Ecoutez les cornes de brume. Imaginez les marins en perdition, dans cette furie. Et le pire est à venir, croyez-moi. La radio prévoit une aggravation dès la nuit prochaine, on peut s'attendre à un naufrage. Oh, combien de marins ? Vous n'aurez que plus de plaisir à retrouver le soleil, un jour, le beau soleil du Finistère, bien frais, le meilleur et le plus roboratif quand les nuages s'en vont. Pendant ce temps-là, vous savez quoi ? Dans le Sud, ils ont des orages tous les soirs, des incendies criminels : les bombardiers d'eau terrifient les estivants, les personnes âgées suffoquent dans les embouteillages, les gens deviennent fous, les nouveau-nés sont dévorés par les moustiques jusque dans les maternités, la nappe phréatique charrie des maladies incurables. On ne peut pas dire qu'il fait beau quand il fait trop chaud, quand la chaleur vous anéantit. Vous avez trop chaud, les enfants ? Non, grand-mère. C'est sûr ? Oui, grand-mère. A la bonne heure… Donc il fait beau à l'Aber. Que ceux qui veulent un grog lèvent la main.

A l'ouest, le climat ne se laisse jamais prendre au dépourvu. Le temps réputé mauvais ailleurs n'est pas un châtiment ni le fardeau d'une pénitence millénaire. Les plus longues pluies sont des providences, et les bourrasques un zéphyr. Merci, mon Dieu. Vous réchauffez la planète ailleurs, pas chez nous. Vous desséchez ces malheureux Provençaux, pas nous. Quatre degrés supplémentaires à prévoir d'ici à 2060. Il faut s'attendre à un déferlement de Méridionaux sur la côte bretonne. Et dire que l'on redoutait les petits Chinois. *Oremus*. Le ciel s'ouvre un matin, douceur et lumière. Debout, les enfants. Pique-nique à Corsen, en route. On traverse l'Aber à la rame, on laisse le *Saint-Gildas* à Lampaul, et on poursuit à pied par dunes et villages en chantant, youkaïdi, on ne lambine pas, youkaïdi kaïda. Mer basse à Corsen, d'un bleu laiteux. Que de tourelles et d'îlots dévoilés. Quelle savane à perte de vue, ça tremble, une lumière de mirage. Un vrai temps d'aoûtienne, annonce l'oncle Jo, goguenard. Il faut dire qu'il est un peu misogyne et qu'il a des idées bien à lui concernant le Front populaire et le camping hystérique des cong'paye… Il s'assied à l'écart pour lire un texte savant qui l'assoupit. De temps à autre, il vient fouiller dans les sacs à la recherche d'un œuf dur ou d'une reine-claude. Un peu plus loin, cousines et cousins élèvent un rempart de galets en attendant le retour des eaux. Il faut rentrer, dit l'oncle Jo. Mais, mon oncle, la mer n'est pas encore haute, elle est encore très loin du barrage. Il faut rentrer, les enfants. Si nous tardons, le *Saint-Gildas* va s'échouer et nous ne serons pas à l'heure pour dîner, vous serez tous privés de dessert. Et nous voilà repartis, allongeons la jambe lonla, et berçons l'espoir d'une grenadine-limonade au comptoir en lino d'Adolphine, la vieille poivrote du Café du Port.

Les intempéries s'enchaînant, ma grand-mère se désintéressait du Sud et des séismes imminents prédits par Haroun Tazieff au pays des olives et des pizzas au pistou. La mésentente s'installait. Les enfants jouaient au morpion sur la buée des vitres, ils jouaient à la pièce sur la table de bridge réservée aux adultes ; les parents se morfondaient au petit salon, médisaient, fumaient, jouaient du piano, tricotaient, sirotaient des tisanes pectorales.

Mon oncle Charles avait à faire à Paris. Mes tantes Nicole et Rose avaient la migraine : mes deux plus jolies tantes, celles dont les grands cousins disaient, le feu aux joues : on se les ferait bien… Beaux yeux, colonnes vertébrales étirées comme des cobras, fesses rebondies. Elles ne descendaient plus aux repas. Elles passaient les après-midi couchées.

Leurs excellents maris se mettaient en quatre pour les distraire, ils ne manquaient pas d'idées : tournée des antiquaires à Landerneau, visite au nouveau recteur de Lanildut, achat d'un beau poisson à la criée de Portsall, lieu jaune ou turbot, tour de côte sauvage en voiture, hein, ma chouchounette ?… On n'entendait jamais les réponses. Les maris marris redescendaient l'escalier la queue entre les jambes. La pluie recouvrait de cendres les secrets des belles migraineuses assoupies là-haut, les yeux ouverts. On n'imagine pas, en se mariant, ce gris.

Originaire de Fougères, Yak Rivais est écrivain. Il écrit beaucoup pour la littérature jeunesse. Il a reçu le Prix Bretagne 1991 pour *Le Géant des mers* (Jean Picollec Editeur).

Je suis né à Fougères

Yak Rivais

Je suis né à Fougères, impasse Saint-Louis, en 1939.

— T'es breton ?

Pardon ? Juché sur le toit d'une façade de lit-clos achetée à un antiquaire, un Teuz barbu, pas plus haut qu'une bouteille, me reluque avec malveillance. Il nichait dans le meuble, on me l'aura livré avec. Je ne réponds pas. Mon père mobilisé, je suis né dans la ville haute, chez mes grands-parents paternels, au premier étage d'un bâtiment gris. L'impasse, à l'entrée de laquelle un palmier poussait entre deux rues de granite, menait à une usine de chaussures.

— Y en avait plus de cent ! grince le Teuz.

Ma mère m'emmenait au jardin public. De là-haut, j'admirais le château en ville basse. Nous allions aussi en forêt. Hêtres, chênes, châtaigniers, fougères à profusion. Egaré, petit, j'y avais eu peur du loup, du Fantôme des Arbres…

— Celui-là, s'il t'avait proposé son sac à rêves, tu te serais retrouvé dedans !

D'un coup de pied, le Teuz renverse un vase rond posé sur le toit du meuble. Je me précipite. Je le rattrape.

— T'aurais dû faire goal !

J'étais à Fougères lors du bombardement de 1944. Ma mère, voyant les avions alliés rôder la veille au-dessus de la ville, avait convaincu la famille de se réfugier chez des arrière-cousins dans une ferme. Ils vont revenir, disait-elle. Ils étaient revenus, chargés de bombes, la nuit du 8 au 9 juin. Dix minutes d'apocalypse. Et en août, l'arrivée des Américains. Je revois mes tantes terrorisées, réfugiées derrière les barriques de cidre du cellier, dans la ferme des cousins. Une jeep est entrée par le chemin creux…

— T'aurais pas une galette de blé noir ? postillonne le Teuz.

Je n'en ai pas. Ma grand-mère les faisait au beurre salé, à l'œuf, à la saucisse. Elle travaillait pendant que la famille mangeait. Elle travaillait dur. Je revois le Nançon, petit affluent du Couesnon, en ville basse, le lavoir où elle descendait par un chemin pentu, caillouteux, retenant une brouette chargée de linge dans la descente, la poussant au retour dans la montée, linge mouillé encore plus pesant. Un jour, défié d'imiter un Jenniken en équilibre sur l'arête de la planche du lavoir, j'ai glissé, je suis tombé à l'eau.

— Imbécile !

Des semelles de crêpe. On confectionnait de la belle chaussure à Fougères. Mais la mode changeait. Un jour, la sirène de l'usine s'est tue, comme les autres. Les Fougerais partaient. Moi, je revenais. Une fois, en solitaire, de Chartres à vélo. J'ai croisé la Bosj. Elle a esquissé un geste, et vlan ! Déviation ! Vingt kilomètres de plus. A mon arrivée dans l'impasse, j'entendais rire les Korrigans par les soupiraux. La déviation était pour poids lourds. J'aurais pu passer…

— T'aurais pas un flacon de chouchen ?

Non. Je n'ai pas de ch… Oh ! Attends ! Du whisky ? Le Teuz grogne que « c'est pas breton », mais il boit. Je récupère une valise. Je repense à l'impasse. Le suisse de Saint-Léonard demeurait au rez-de-chaussée. Impressionnant son bâton au poing, comme le « Pilaouer » des histoires. Un jour, des années après le décès des grands-parents, j'ai osé entrer dans le bâtiment gris. Le couloir. La trappe où les oncles descendaient à la cave tirer le cidre, l'entrée de l'appartement du « Pilaouer » à droite, l'escalier de vieux bois. A l'étage, les locataires m'ont laissé entrer. La configuration des lieux avait été modifiée mais l'ensemble était repérable. J'ai « revu » la chambre où je m'étais endormi sous un lit, au point qu'affolée, la famille redoutait un enlèvement…

— Ttu pppars en vvoyage ?

Le Teuz bredouille. J'attends. Lors d'un vol de retour des Etats-Unis, j'avais arrêté le steward. Sur son badge, j'avais lu « Fougères ». Son père avait « libéré » la ville, Fougères était devenu… son prénom. Et moi, petit Fougerais, j'ai donné mon nom à l'école de… Petit Fougeray, près de Rennes. Souvenirs. La vue de granite bleu n'importe où, pavé, trottoir, ouvre la vanne, la musique de l'enfance joue sa nostalgie : l'impasse et autour, jardin public Saint-Léonard, lavoir, château médiéval, forêt profonde et légendes. Le Teuz dort. Je le fourre dans la valise. Je referme. Papier kraft autour. Ficelle. Timbre. J'adresse le paquet au Diable poste restante.

Gwenaële Robert est enseignante et écrivaine ; elle est l'auteure de *Never Mind*. Elle a été la lauréate du Prix Bretagne 2019 pour *Le Dernier Bain*. Ces deux ouvrages ont été publiés chez Robert Laffont.

Verres de mer

Gwenaële ROBERT

Les souvenirs sont comme les cailloux du Petit Poucet. On les égrène sur nos routes incertaines avec l'illusion qu'ils nous permettront de revenir en arrière, qu'il suffira de les suivre pour retrouver l'éclat de l'enfance, son soleil intact sur nos vacances. J'ai toujours au fond de mes poches quelques rebuts de la marée bretonne. Pas des coquillages : après des années à ramasser les plus beaux de la plage, j'ai constaté qu'ils dépérissaient dans ma maison. Comme la plupart d'entre nous, ils ne sont beaux que dans leur milieu naturel, la vie domestiquée les éteint. Ce que je garde au fond de mes poches, ce sont les tessons de bouteilles. Incongrus, déplacés sur la plage, ils sont abrasés par le sable qui les rend opaques et en adoucit les angles. Polis par les marées, ils perdent leur agressivité, leur incivilité manifeste, jusqu'à se confondre avec les cailloux dont ils partagent l'humble condition minérale. Evidemment, les verts sont les plus communs. Leur couleur elle-même dit le processus de leur lente mutation : la mer qui les a lessivés puis déposés sur la plage les a fait passer de vert bouteille à vert d'eau. Parfois très rares on en trouve des jaunes, des bleus, des ambrés. Ils finissent au fond de ma poche. Pas un manteau, pas une veste qui n'ait sa collection de petits bouts de verre polis. Dans le train qui m'emmène vers Montparnasse, sur les boulevards, dans chaque artère de la capitale, je les sens sous mes doigts, un peu rugueux, un peu sauvages, passagers clandestins de mes exils parisiens. Mon pouce continue de les polir doucement dans le métro, poursuivant le travail entrepris par les vagues, et la caresse machinale me renvoie à l'âge de mes premières plages bretonnes.

A Penthièvre d'abord, où mes grands-parents louaient chaque été pour une somme dérisoire *La Chaumine*, villa où nous nous entassions à douze pendant un mois entier. Les pièces un peu défraîchies sentaient l'humidité. Il n'y avait pas de salle de bains, seulement un lavabo où mes grandes cousines lavaient leurs cheveux avant de partir jouer au tennis avec de jeunes garçons bronzés. Ma grand-mère venait en Dauphine avec cinq enfants à l'arrière. Les malles arrivaient par le train. On se baignait côté océan, en nous moquant de ceux qui préféraient les plages côté golfe, ses eaux trop calmes, ses courants trop tièdes. La côte sauvage était pleine de remous, de lames de fond, d'histoires tragiques de corps emportés par les rouleaux, de mises en garde que les adultes répétaient d'un ton sentencieux, l'index pointé sur le panneau – attention cette bouée peut sauver une vie. Au bout de la plage, le fort dressait ses légendes, le duc de Penthièvre, les émigrés débarqués à Quiberon, les résistants fusillés, autant d'histoires que j'eusse été incapable de situer sur une frise chronologique et qui cohabitaient au sein d'un vivier fertile où mon imagination avide puisait à pleines mains. Le soir, au fond du lit que je partageais avec ma sœur, nous entendions les mugissements de la mer, à peine couverts par le grésillement d'un poste TSF derrière la cloison – mon arrière-grand-mère insomniaque écoutait tard dans la nuit des combats de boxe qui lui servaient de berceuses. Les commentaires du journaliste se mêlaient aux récits de noyade, aux émigrés, aux fusillés, et il me semblait que cet isthme embrassé par la mer était le terrain de toutes les violences de l'histoire et que je touchais là la vraie vie, la vie à nu, la vie enfin découverte, que l'on s'efforçait de me dissimuler le reste de l'année sous les alluvions de l'habitude et de la prudence. Le 31 juillet, avant de laisser la maison aux veinards qui l'occuperaient après nous et que je détestais déjà, je ramassais mes verres de mer, et sans doute y avait-il parmi eux les tessons d'une bouteille dérobée par mes grandes cousines – quand elles sortaient le soir sur la plage, avec les garçons du tennis, à l'heure où commençaient les combats de boxe.

Des années plus tard, au lycée, je promenais dans les couloirs de ma pension, au fond des poches de mon uniforme, les verres dépolis qui crissaient sous mes doigts. L'isthme de Penthièvre, sacrifié aux stations huppées de Quiberon et Carnac, était devenu un triste couloir marchand, colonisé par des vendeurs de poteries et d'andouilles dont les panneaux criards défiguraient le paysage. *La Chaumine* était à l'abandon, le tennis envahi par les herbes folles. L'océan roulait ses colères en vain, seuls quelques véliplanchistes audacieux le fréquentaient encore mais ils étaient trop concentrés sur leurs trajectoires pour jeter un regard sur le fort, esseulé depuis que les appelés du contingent l'avaient déserté. Mes parents embourgeoisés avaient choisi de passer côté golfe, et, à l'instar de ceux dont nous moquions la frilosité des années auparavant, nous nous baignions maintenant dans des eaux claires où des familles aux maillots assortis s'envoyaient des frisbees en riant. Légenèse, Ty Bihan, Beaumer, Men-du : le sable était fin, les pentes douces, les marées modérées. Ma solitude se dissolvait dans les livres que je lisais sur une natte de paille imprimant ses croisillons sur mon ventre trop blanc. A quinze ans j'avais la nostalgie des aventures que je n'avais pas connues et que je tentais de ressusciter en dévorant des romans de Dumas ou de Victor Hugo. Sur les plages où je promenais mon ennui, les yeux fixés sur le sable, les verres dépolis se faisaient rares, des employés zélés ratissant sans cesse les plages pour y traquer le moindre tesson. Ceux qui échappaient à leur vigilance devaient être les reliquats de bouteilles à la mer qui s'étaient fracassées contre les écueils, appel de détresse de naufragés ou carte au trésor de Monte-Cristo… du moins voulais-je le croire, tandis que je les égrenais comme un chapelet païen, ces dimanches soir de septembre où la voiture de mon père me ramenait en pension à Paris.

Des années plus tard je me suis installée en Bretagne. J'ai quitté le Morbihan et la séduction de son climat pour la côte d'émeraude. Depuis, je promène mon imagination sur les plages de Saint-Malo, comme une allumette dont le soufre s'enflamme à la vue des forts Vauban, des bunkers de la Varde, des vaisseaux corsaires, de la tombe de Chateaubriand. Les légendes ne manquent pas dans ce coin de Bretagne. Les tessons dépolis non plus. Je les ramasse sur la plage de Rochebonne, ils m'accompagnent partout. Leur caresse fait affleurer les alluvions du passé, les plages fertiles de l'enfance, l'ennui de ma jeunesse. A chaque fois que je m'éloigne, ils me renvoient vers ma Bretagne, ressuscitent le souffle du ressac, les sentiers mangés de genêts, l'odeur de renfermé des locations d'été, les croisillons des nattes de paille, tous les petits cailloux laissés sur le sable que la marée du souvenir avale pour les adoucir et les restituer à nos poches trouées.

Marie Sizun vit entre Paris et l'Ile-Tudy qui lui a inspiré le décor de son dernier roman, *La Maison de Bretagne* (Arléa). Agrégée de lettres classiques, romancière et nouvelliste, elle a reçu le Prix Bretagne 2017 pour *La Gouvernante suédoise* (Arléa-Folio).

Un goût du bonheur

Marie Sizun

A sept ans je ne connaissais ni la mer, ni la Bretagne. Je ne connaissais pas grand-chose au monde à vrai dire, hors les rues proches de notre appartement du 20e arrondissement, et le pavillon de Seine-et-Oise d'une vieille tante. De la mer, je savais ce qu'en disaient les images des livres, la chanson de Charles Trenet. De la Bretagne j'ignorais tout… Enfin, pas tout à fait : mon père, à son retour de la guerre, m'avait offert une terrible poupée au corps de celluloïd, habillée en Bretonne, haute d'environ vingt-cinq centimètres, à laquelle je m'étais empressée d'arracher sa coiffe à coques empesées et la robe aux broderies rugueuses, cruellement épinglée à sa poitrine et à son ventre. Ce jeune homme qui n'avait rien de breton avait la nostalgie d'une Bretagne où il n'était jamais allé. Juriste, il dessinait à son bureau des voiliers et rêvait de voyages. A mon petit frère, né un an après la Libération, il avait donné le prénom marin de Yves.

Cet été-là, il fut soudain décidé que, pour la première fois, nous partirions en vacances. Tous les quatre, mon père, ma mère, moi et le bébé. En Bretagne. Au bord de la mer. L'exécution du projet fut aussi prompte et bizarre que l'avait été sa conception. Je n'assistais pas aux conversations de mes parents, mais, de mon lit, je pouvais les entendre se disputer. Quelquefois maman pleurait. Quelle drôle d'idée, ces vacances ! Certes découvrir la mer m'intéressait ; mais ce pays de Bretagne ? Le souvenir de la poupée suppliciée ne laissait pas de m'inquiéter.

Ce fut une expédition, par le train, avec deux enfants, des bagages ; mon père était nerveux, le bébé pleurnichard, maman épuisée. Moi, amusée du grouillement de la gare, puis ravie du défilé des paysages, je m'enchantais du voyage. A Vannes, où nous arrivâmes à la nuit, il fallut prendre un taxi pour gagner la station où mon père avait loué une villa, en fait une maison de pêcheur qu'abrutie de fatigue je ne fis qu'apercevoir. On ne voyait nulle part la mer. « Mais elle est là, affirma papa comme déjà je protestais, écoute ! » En effet, on entendait alentour dans le noir comme une étrange respiration, haletante, comme s'il y avait là, invisible, un géant qui soufflait et ahanait. « Et sens, chuchota mon père, c'est l'odeur des algues ! » Il souriait, il avait l'air heureux ; il me dit que, demain, j'allais bien m'amuser, la plage était tout près, je jouerais dans les vagues, je ferais des châteaux de sable. Pendant qu'il me parlait, maman s'occupait de mon petit frère déjà somnolent ; elle le mit au lit à peine étions-nous entrés. De l'espèce de cuisine où nous nous trouvions je ne remarquai rien, hors des odeurs mêlées, inconnues, de moisissure, de sel, de branches brûlées. Je n'avais pas faim, je ne voulais que dormir. Papa me porta dans ses bras dans l'escalier de bois qui conduisait au premier et me glissa sous l'édredon rouge qui couvrait un petit lit. Je m'endormis aussitôt.

Quand j'ouvris les yeux la chambre était traversée d'un long rayon de soleil. Mais c'est le contact rugueux des draps de grosse toile qui m'avait réveillée. Ils avaient le parfum pénétrant que j'avais senti en entrant dans la maison. J'en savourais l'étrangeté quand, dans le silence de la maison, éclata tout à coup un concert de cris, de rires, d'appels : qu'est-ce que cela pouvait être ? d'où cela venait-il ? du toit ? de la fenêtre ? C'était une musique mouvante, tournoyante, mystérieuse, magique : et soudain passa derrière la vitre un essaim d'ailes blanches, de pattes et de becs… Que c'était beau ! Des mouettes, ce sont des mouettes ! J'avais déjà vu des images les représentant, mais j'étais comme abasourdie de leur réalité, émerveillée de la splendeur de leur envol.

Dans la surprise je m'étais assise sur mon lit pour mieux entendre, mieux voir. Je courus à la fenêtre qu'une lumière étonnante éblouissait déjà. Les oiseaux avaient disparu. Mais, sous la fenêtre, il y avait un petit jardin où j'eus tout de suite envie de descendre. Dans ma tête, tout se précipitait : le jardin, la plage, les vagues, les mouettes… Vite, courir raconter ce que j'avais vu, ce que j'avais envie de voir… Sous mes pieds nus j'éprouvais la douce rugosité d'un plancher de bois brut et cela aussi était bon et nouveau… Jamais je n'avais éprouvé pareille excitation. J'étais trop petite pour employer le mot de bonheur : pourtant c'était bien le bonheur qui m'habitait, le bonheur d'être là, dans cette maison, dans ce pays, et le besoin de le dire me débordait. Où étaient-ils, mon père et ma mère ?

Dans la maison on n'entendait aucun bruit. J'explorai l'étage. Il n'y avait qu'une chambre à côté de la mienne, vide. Mes parents devaient être en bas avec le bébé.

Mais dans la cuisine il n'y avait que maman, le bébé endormi à ses pieds dans un couffin. Elle ne faisait rien, assise bizarrement devant la table vide, et je vis qu'elle avait pleuré. Comme j'ouvrais la bouche pour lui parler des mouettes, elle me dit d'une drôle de voix que mon père était reparti tôt ce matin à Paris, avant que je ne m'éveille. Il était juste venu nous conduire ici. Il ne reviendrait pas. Pour lui c'était mieux comme ça. Et pour nous aussi, fit-elle. Il allait vivre ailleurs, mon père, dans une autre maison, avec une autre femme.

L'invraisemblable s'abattait d'un coup sur moi. Tout aussi fou que mon grand bonheur. Aussi irréel que l'apparition des mouettes et leur magnifique envol.

Pourtant nous sommes allés à la plage. J'ai vu la mer. J'ai aimé les vagues, le soleil, l'odeur des algues. J'ai découvert que les Bretonnes avaient la voix douce et ne piquaient pas les enfants avec des épingles. J'ai pris goût aux tartines de beurre salé.

Ce furent de belles vacances. Les enfants s'habituent à tout. Du moins en apparence. Et, si on plante dans leur corps fragile une méchante épingle, ils croient oublier la douleur.

La Bretagne, je lui savais gré d'être là. Les mouettes que j'avais entendues étaient en fait des goélands qui avaient fait leur nid sur le toit de la maison. J'ai vite appris à les distinguer des mouettes par leur taille, leur grand bec et la gravité rauque de leur cri. Je ne me lassais pas de les entendre, de les regarder prendre leur essor, si libres, si forts !

Depuis je suis retournée maintes et maintes fois en Bretagne. Et chaque fois, quand j'entendais pour la première fois le cri des mouettes, un frisson secret de bonheur me traversait : j'étais chez moi. Frisson de bonheur auquel se mêlait quelque chose de plus grave, d'un peu douloureux. C'est qu'il entre définitivement pour moi dans cette musique toute la joie du monde mais aussi, insidieux, le rappel du tragique de la vie. C'est pour cela que je l'aime.

Les circonstances ont fait que je partage aujourd'hui mon temps entre Paris et la Bretagne : je vis tantôt dans ma petite maison de l'Ile-Tudy, tantôt dans l'appartement de Paris, à Montparnasse. Or cet appartement se trouve au sixième étage, et les toits de l'immeuble et des immeubles voisins sont habités par des bandes de mouettes et de goélands… Arrivés comme par miracle : en suivant les rivières, ou même le train de Bretagne, comme moi ? Aussi, quelquefois, quand je me réveille, et que, de l'obscurité de ma chambre, j'entends dans un demi-sommeil le doux vacarme des oiseaux blancs, je me demande un moment où je suis : dans la chambre de la maison de l'Ile ? ou dans celle de l'appartement parisien ? J'écoute… Un temps, je ne sais pas, et c'est délicieux cette incertitude, ce voyage entre deux lieux.

Puis la qualité de la lumière qui passe entre les rideaux me renseigne. Je situe la fenêtre de l'une et l'autre chambre, je m'oriente, et je souris, comme autrefois, du bonheur d'exister.

Cathy Stefan, née au Guilvinec, est romancière et journaliste. Son dernier ouvrage, *Et j'irai voir la mer*, est publié chez Blanc Silex. Son roman *L'Homme privilège* (La Table ronde) a été récompensé par le Prix Bretagne 1982.

Les lunettes de star

Cathy STEPHAN

Cela faisait cinq semaines que Charly admirait les lunettes dans la vitrine. Les mêmes dont s'affublait *l'intruse*, sauf qu'en guise de verres figuraient deux rondelles de plexiglas… Mais pour Charly ça n'était qu'un détail.

En fait, tout avait débuté par l'arrivée de cette fille-là, belle à tomber et aussi fine qu'un crayon. Elle avait loué une maison de pêcheur face à la mer, la seule maison donnant sur la grève. On ignorait ce qu'elle venait faire ici… Excepté que sa venue chamboula tout le village. Habillée comme personne, les yeux cachés derrière de larges lunettes noires qui lui conféraient une allure de star, cette fille, cette beauté indolente tracée à l'encre de Chine, s'était – sacrilège suprême – attiré les bonnes grâces de l'abbé Hafner, lequel était l'amour secret de Charly.

Or si cet abbé-là goûtait au charme sulfureux de cette fille (elle les avait vus derrière le cimetière des bateaux qui rigolaient ensemble)… si une partie du village enviait son style et bavait sur son élégance, pourquoi à son tour ne pas tenter de lui ressembler ? Elle avait presque douze ans à présent, et se devait de ne négliger aucun détail, aucune chance d'être prise au sérieux. La faute à une intrigante qui lui avait volé sa place. Considérant les lunettes comme l'une des étapes de sa transformation, transformation sans laquelle aucune progression n'était envisageable dans sa relation avec l'abbé Hafner, c'est déterminée qu'elle entra dans l'unique boutique du village, celle du marchand de couleurs.

— J'aimerais essayer les lunettes, là, dans la vitrine, dit-elle en affermissant sa voix.

Puis plus bas, en rosissant un peu…

— Les lunettes de star.

Quand on les lui posa sur le nez, Charly eut peine à reconnaître dans le miroir son visage mangé par les lunettes trop grandes pour elle.

Mais le plus dur restait à obtenir de sa mère l'argent pour enfin se les offrir. « Des lunettes de soleil en décembre ? » maugréa-t-elle. Charly déclara que ce serait son cadeau de Noël. Qu'elle voulait ça et rien d'autre. Et Charly eut ses lunettes le 25 décembre.

Et elle ne les quitta plus. Elle mangeait avec, elle dormait avec, vivait avec, sauf en classe où la maîtresse lui intima l'ordre de les enlever, arguant qu'il existait d'autres manières de se faire remarquer que ces ersatz de lunettes ridicules qui finiraient par lui abîmer définitivement les yeux. L'abbé Hafner quant à lui se contenta de lui jeter un regard amusé mais ne fit pas de commentaire. Et Charly toute à sa joie d'être remarquée vit dans son attitude comme un signe d'encouragement.

A dire vrai, Charly ne voyait pas grand-chose avec ces lunettes-là, ce qui la forçait à les glisser sur le bout de son nez, pour, en levant les yeux, distinguer ce qui se passait autour d'elle. Un samedi, alors qu'elle jouait à chat perché chez son amie Jane Lemonnier, elle ne vit pas, sur le plancher tout neuf, le pot de coaltar dans lequel malencontreusement elle posa un pied. Quand elle s'en aperçut, elle poussa un cri, et après avoir réussi à l'en extraire se rua vers la sortie, chacun de ses pas imprimant sur le sol de longues traînées noires. Alerté, le père de Jane L. accourut. « Que se passe-t-il ? » Puis, voyant les traces de pas, tonitrua. « Malheureuse, viens ici que je t'attrape. » Terrifiée, Charly dévala les escaliers à toutes jambes, ne s'arrêta qu'une fois chez elle, où le cœur battant et craignant la suite elle s'isola jusqu'au soir.

Le lendemain toute l'école était au courant. Jane L. jura qu'elle n'avait rien dit mais que son père… « Quoi ton père ? » demanda Charly avec appréhension. « Ben… Il a l'intention d'aller chez toi et de tout raconter à tes parents. »

Plus que l'humiliation d'être montrée du doigt naquit chez Charly la crainte qu'on lui confisque ses précieuses lunettes. Crainte qui se confirma quand, sans le moindre ménagement, mais avec la cruauté particulière dont elle faisait preuve parfois, sa mère lui lança : « Au sujet de tes lunettes, sache que je les ai jetées à la poubelle ce matin. Quant à tes sandales… immettables à présent, ne compte pas sur moi pour t'en acheter d'autres. Tu mettras tes godillots tout l'été. »

Charly ne pipa mot. A quoi bon ? Sans la présence de l'abbé Hafner, le piment, la volupté que cette présence lui inspirait, Charly eût haï cette vie-là, son étroitesse, son intolérance, où la moindre originalité était montrée du doigt et aussitôt condamnée. Or ce dont souffrait Charly, en dehors de son obligation d'être docile, c'était de ne rien pouvoir partager avec sa mère, toujours dans le détail pratique de l'existence, à rejeter la moindre part de rêve, à se contenter du quotidien médiocre, à s'en satisfaire. Pour elle dormir, manger, se laver, apprendre ses leçons et se taire faisaient partie du monde incontournable de l'enfance, ce monde qu'autrefois elle avait connu et dont à son tour elle appliquait les règles avec une sévérité bornée. La faute à tant de choses tues, de questions hélas sans réponse, Charly s'était inventé un monde à sa convenance, où rêves et délires cohabitaient en parfaite liberté.

Chez Alexia Trassin, son autre copine, dont le père dirigeait l'usine qui portait son nom, elle avait lu des livres, des magazines qui parlaient des grandes villes, de la vie qu'on y menait, des gens qu'on y rencontrait… Brillantissimes souvent et si distingués. Elle avait écouté de la musique sur le gramophone et à quatre mains sur le Steinway quand son professeur lui faisait répéter les ritournelles de Chopin. Elle avait feuilleté des albums, fascinée par l'œuvre de peintres jusque-là inconnus d'elle. Le soir dans son lit, et pour les retenir, elle répétait le nom de ces peintres-là, et des compositeurs et des interprètes. Elle s'inventait des dialogues avec ces êtres talentueux, devenait à son tour l'interprète privilégiée d'une vie fascinante qu'elle souffrait de ne pas connaître.

Donc ce matin-là, nourrissant le fol espoir de retrouver ses précieuses lunettes, elle décida de bouder l'école et attendit que le vieux camion-benne déverse ses poubelles dans le terrain vague derrière le stade de foot, pour, armée d'un bâton, s'en aller fouiner par là. Une odeur nauséabonde y régnait. Des sacs éventrés gisaient pêle-mêle. Sur certains, de grosses mouches vertes virevoltaient. Comment trouver ses lunettes dans ce tas d'immondices ? Elle se souvint alors du grand sac rouge dans lequel, la veille, son père avait jeté des débris de bois avant de le mettre devant la porte. Avec un peu de chance, les précieuses lunettes s'y trouvaient ! Charly se mit à fouiller ardemment, ses petits bras fatigués voltigeant pleins d'espoir. Enfin elle aperçut un bout de plastique rouge coincé sous un vieux poste de TSF.

Glissant, dérapant, elle tira sur le sac, l'éventra d'un coup de bâton, se mit à fourrager à l'intérieur. Les lunettes, ses précieuses lunettes, étaient là, intactes. Elle les posa sur son nez.

A présent la discrétion s'imposait. Sous peine d'être cette fois (elle le subodorait) violemment punie, elle ne pouvait se pointer chez elle avec les fameuses lunettes, ni à l'école… ni… Quoique au catéchisme peut-être… Même si là encore la délation n'était pas à écarter. Elle choisit alors de musarder un peu. Elle marcha le long de la grève, courut sur la digue, contempla la mer, batifola sur ses grands rochers chauves, quand une giclée d'écume lui brouilla ses carreaux. D'un coup de pouce, elle voulut les nettoyer. Sans doute appuya-t-elle trop fort. Les deux rondelles de plexiglas tombèrent à l'eau. Charly les vit s'éloigner. Elle les vit être happées par les vagues et disparaître. Hébétée, et tandis qu'une grande tristesse l'envahissait, elle demeura immobile face à la mer… puis doucement, tout doucement elle se mit à pleurer.

Dix ans ont passé. Un nouvel opticien s'est installé rue de la Marine. Et là, côtoyant des dizaines de paires de lunettes mais les snobant toutes, la réplique de celles dont elle n'avait toujours obtenu qu'une pâle copie.

Troublée et vaguement excitée, elle entra dans la boutique.

— J'aimerais essayer les lunettes, là dans la vitrine, dit-elle.

Puis, consciente que les temps avaient changé et qu'elle était grande désormais, elle ajouta, cachant en partie son regard…

— Les lunettes de star.

Alan Stivell vit à Betton et à Carnac. Il est auteur, compositeur, chanteur et musicien multi-instrumentiste. Il a révolutionné la musique bretonne et l'a diffusée dans le monde entier. C'est un ami du Prix Bretagne.

Breizh au cœur

Alan Stivell

Mon premier souvenir, c'est à cinq ans auprès de mes cousins de La Trinité-sur-Mer : d'un coup, la Bretagne m'a submergé comme une grande vague, avec ses maisons blanches, son mica brillant dans le granit et le sable, son lichen doré, son sel sur les mains, ses odeurs d'algues… Cette carte postale du « paradis », je l'ai reçue en plein cœur, emporté par un amour corps et âme. D'origine bretonne, je suis devenu breton.

Breton[1], mais pas encore *Breizhad*[2]. Je le deviendrai quelques années plus tard, à Langonned.

Ma bretonnité est inséparable de la musique.

Enfant, j'ai connu le compositeur Paul Le Flem et découvert le piano. Mais, vers mes huit ans, quand mon père termina la construction de sa fameuse *Telenn gentañ* (la harpe première), ce fut, pour moi, un tsunami. Qui aurait cru que ce contact physique de mes

1. Prononcer *Bréton-n* (= de culture, de famille).
2. Citoyen de (habitant) la Bretagne.

doigts courant sur les cordes serait à l'origine d'une grande vague celtique que plus rien n'arrêterait ?

Je n'ai pas abandonné mon penchant pour les voyages interstellaires, je n'ai pas non plus totalement rejeté mon apprentissage classique. La civilisation celtique – des temps anciens et de ce qu'il en reste – devint une obsession. Immergé d'abord dans cette musique par la harpe celte, puis par la flûte irlandaise, la bombarde, la cornemuse, j'ai tenté d'analyser pourquoi je « ressentais », pourquoi j'étais habité par la musique celtique. Et j'ai voulu tout savoir sur la mythologie, l'histoire, l'art, l'habitat… et bien sûr les langues, relisant sans cesse, dans le métro, mon petit lexique qui en montrait les similitudes. Il est vrai que cette passion m'offrait une vision sublimée de la Bretagne, pas une vision objective qui se doit d'être double, à la fois intérieure et extérieure.

Dans un camp scout breton, *Bleimor*, je me souviens avoir été aimanté par la voix de Gwennole Ar Menn célébrant la ville d'Ys. L'archétype, l'essence d'Ys me fascinaient. Pour l'évoquer, quoi de mieux que la musique, le bruit blanc de l'écume des vagues, à laquelle seule la multitude d'harmoniques des cordes de ma harpe bardique et de ma flûte gaélique allait répondre des années plus tard.

A quatorze ans, trop pris par la musique, j'éprouvais une frustration insupportable : ne pas avoir acquis une vraie maîtrise de la langue bretonne. Dès lors, je lui ai donné, un temps, la priorité. C'est notre langue spécifique, notre langue nationale, « langue régionale » étant un concept étrange pour les bretonnants. D'ailleurs, mes études et analyses m'ont vite convaincu que mon pays est, au moins dans la pensée bretonne ou anglaise, une nation au statut de région, ce que tout le monde, hors du déni hexagonal, nomme « minorité nationale ».

Cette passion exclusive, cette obsession pourrait être vue comme une forme de folie. J'ai eu la chance d'avoir, dès le départ, un antidote à ce risque : une grande curiosité pour toutes les cultures – cela aide à mieux se comprendre soi-même –, pour toutes les musiques, extra-occidentales, africaines, amérindiennes, d'Inde, d'Extrême-Orient… Les musiques d'Amérique du Nord me parlaient aussi, celles des westerns et les negro-spirituals que je jouais.

L'arrivée du *Rock'n'Roll*, fin des années cinquante, a été fondamentale dans ma vie. De là l'idée de créer des musiques, des chansons, des arrangements en profitant de son apport. Ceci a déterminé toute ma démarche et ma « carrière » professionnelle commencée en 1966. La chance était que mon goût le plus spontané et sincère allait pouvoir aussi servir ma cause : en finir avec le complexe d'infériorité qui empoisonnait une majorité de mes compatriotes. Aussi bien artistiquement que stratégiquement, il fallait donner à la musique bretonne l'image d'une musique à la pointe de la modernité. On partait de loin. Sans trop schématiser, il y eut un avant et un après le 28 février 1972 à l'Olympia. L'accueil du public a tout emporté, tout changé. Après cette date, nombreux étaient ceux qui portaient le *triskell* que j'arborais. En revanche, qui oserait, aujourd'hui encore, parler dc « mode » ?

Cette fascination pour la Bretagne et les autres pays celtes sera le moteur de ma vie. C'est un sentiment qui ne connaît ni exclusion, ni frontières, inconcevables pour des Celtes qui n'ont perdu ni leur boussole ni leur celtitude.

Iroise[1], cette chanson extraite de mon album *Back to Breizh*, résume cette empreinte originelle que j'ai essayé d'exprimer.

Iroise, ar mor lrwazh
Bemde, bemnoz, manac'h pe marc'hadour
Dre ret, dre voaz
'Dremen pe labour war 'n dour
Etre Breizh-Veur ha Breizh vihan
Douzh Leon d'an Iwerzhon
Biskoazh war ar mor Irwazh
N'eus dihanet ar veaj
Diboa daou pe dri mil bloaz
Dalc'hmat hor pobl 'zo 'vevañ
Iroise, ar mor Irwazh
Brezel 'tre Saoz ha Gall, n'eus ket bet choaj,
Ha harzoù c'hoazh
'Tre breudeur kozh a-viskoazh

(Jour et nuit, marchands ou moines,
De toutes les Bretagnes
Pas un jour sans passage
Depuis trois mille étés
Celtes et mouettes l'ont habitée
Entre Grande et Petite Bretagne
De Léon en Irlande
Jamais sur la mer Iroise

1. Editions Keltia III.

N'a cessé le voyage
Depuis deux, trois mille ans
Nous l'avons habitée.
Iroise,
Pour les Français, pour les Anglais,
Pas le choix
On a dû faire la guerre
Et, entre les vieux frères, encore des frontières)

Kenneth White, né à Glasgow, écrivain, poète, essayiste, a fondé l'Institut international de géopoétique. Il a reçu le Prix Bretagne 2006 pour *La Maison des marées*, paru chez Albin Michel.

ABC des profondeurs du temps

Kenneth White

« Maintenant, je peux conclure. »
Samuel Beckett, *Molloy*

A.

C'est un matin de brume comme je les aime, propice, selon le baromètre psychique, à la concentration et à la méditation. Mais, comme l'on sait, la météorologie dans ces parages n'est jamais uniforme. En ce moment surtout, la brume cède subitement à des effets de ciel époustouflants.

Ces temps-ci, je suis plongé dans la composition d'un traité, « Phénoménologie de l'extase grise », avec force références archaeo-grecques, crypto-celtiques et tao-chinoises.

Mais voilà que l'on m'invite à m'arracher à mon grand et grave dessein pour écrire un texte sur le temps perdu, le temps retrouvé (beaux thèmes littéraires, et prestigieux), auquel j'ajouterai, pour mon plaisir, un élément plus rare encore, extra-littéraire celui-là, le temps intemporel.

Précisons toutefois au préalable que nous autres de Bretagne (où je vis depuis de longues années dans un avant-poste scotique), n'avons nul besoin d'une madeleine dodue pour retrouver le « temps perdu ». Ça, c'est pour les esprits étiolés des mégapoles. Ici, dans notre « dehors », dans nos éperdues campagnes et sur nos bruissants rivages, qui connaissent d'autres paramètres, chaque marée apporte son lot de souvenirs planétaires, de scènes de vie immédiate, de moments méditatifs et de projections spéculatives (les contenus, on s'en doute, varient selon les coefficients).

Pour relater ma première expérience de l'espace-temps armoricain, j'ai publié, à Paris, en 2005, *La Maison des marées*. Ce livre fut suivi, treize ans plus tard, par un autre livre breton, publié, plus que clandestinement celui-là, à Pont-Aven. Ce compagnon tardif (comme on dit « vendanges tardives ») s'intitule *Borderland*, et il est aussi un peu borderline, s'efforçant de répondre à la question que beaucoup d'entre nous se posent en ce moment : « Que faire quand on a de plus en plus l'impression que, dans l'état de choses contemporain, la politique prend les allures d'un vaudeville, que ce qu'on appelle encore culture est un creux rempli de riens, que l'éducation est un désastre, et que la langue même se délite ? »

B.

Sous-titré « La mouvance des marges », s'il est toujours question dans ce nouveau livre de l'Armorique, avec des chapitres tels que « Le Moustier des fous », « Portrait d'un voisin », « Le peuple pélagien », « Le Chemin des pies », « Sur la grève », il est avant tout question d'une certaine périphéralité (choix de vie et de survie) dans un monde qui, tout en accumulant des histoires et en pérorant sur l'Histoire, au fond, sur le plan mondial, n'y connaît rien.

Le premier chapitre de ce livre, *Borderland*, s'intitule « Le temps des catastrophes ». Je me permets, puisque seulement une poignée de personnes l'ont fait (parmi ces exceptions, un blogueur perspicace et clairvoyant de Brest), d'en citer un passage : « Il est hors de doute que toutes sortes de catastrophes, à dimensions variables, se profilent depuis un certain temps à l'horizon : sur le front environnemental, le front financier, le front démographique, le front sanitaire… Il va sans doute falloir, dorénavant, qu'une dose de catastrophisme soit sécrétée et stockée dans le métabolisme humain. »

C'est juste à ce moment-là que surgit, sur le front mondial, le virus Corona.

A d'autres époques, on m'aurait décerné tout de suite le Prix de la Prophétie. Faut-il préciser que, malgré une accointance précoce avec tous les Amos, Josué, Samuel, Isaïe et Ezéchiel de la Bible, je n'ai aucune prétention de ce côté-là ? Je reste seulement sur le qui-vive. Dans un contexte que je résume ainsi. Toutes les conclusions sur la Modernité ont été tirées. Ce que l'on a appelé le Postmoderne n'était que de la Modernité finissante, qui n'en finissait pas de finir. Il est maintenant hautement temps d'ouvrir un autre espace. C'est pour cela que, tout de suite après ma prémonition catastrophiste, j'ai ajouté ceci : « Faut-il insister sur le fait que ce catastrophisme-là n'a rien à voir avec un quelconque discours démoralisant ? Au contraire, et c'est là le paradoxe initial, il inaugure un champ dynamique au-delà des illusions et, comme l'éthique et l'esthétique, de la morale. »

Ce dont il s'agit, fondamentalement, dans *Borderland*, c'est ce champ dynamique. Plusieurs éléments s'y combinent, allant de l'humour noir à la vision blanche, du surnihilisme à la géopoétique.

C'est peu après la publication de *Borderland* que, en toute logique, si je puis dire, je me suis fracturé l'épaule gauche. C'est une longue histoire, à plusieurs épisodes, que je vais abréger. Tout a commencé par une invitation de l'université de Lisbonne (ville dont, on se souviendra, voir le vieux Voltaire, le désastre de 1755 a tant perturbé le XVIIIe siècle naïvement optimiste et aveuglément progressiste) de parler, dans son Centro de Filosofia, justement de surnihilisme et de géopoétique. La conférence fut suivie par une longue marche totalement solitaire et terriblement solaire le long du Tage, prolongée par une randonnée sauvage dans le territoire de Tras-Os-Montes sur une maousse Honda japonaise.

L'os s'étant consolidé tout seul (j'ai des ressources ataviques), on m'a recommandé des séances de kinésithérapie. Celles-ci furent pour moi l'occasion d'assister à une de ces « scènes de vie » immédiates que j'ai évoquées au début de cette missive, et de composer un texte inspiré par les *Familiarium colloquiorum formulae* d'Erasme.

C.

La saynète se passe dans la Maison de Santé d'une petite bourgade des Côtes-d'Armor.

— Ça va ?

— Ça va – catastrophiquement.

— Il y a quand même des jours où on est presque heureux.

— C'est bizarre, le bonheur.

— Oui, rien à voir avec les conneries habituelles.

— Sale temps, pourtant.

— C'est l'automne.

— C'est pareil l'été.

— Beau temps pour les champignons.

— Ah, oui, pardi, surtout avec un petit coup de soleil de temps en temps.

— Paraît que c'est les champignons qui portent des messages d'arbre en arbre dans la forêt.

— Télécommunication souterraine.

— Intéressant, intéressant.

— Il n'y a pas à dire, le temps pèse parfois lourd.

— Plus lourd que le plomb.

— Un poète breton a dit qu'il cherchait l'or du temps. C'est même écrit sur sa tombe.

— Pas beaucoup d'or dans les monts d'Arrée.

— Qu'est-ce qu'il y a ?

— De la brume songeuse et des fantômes anachroniques.

— Paraît qu'il y a un gars qui a rempli tout un champ avec des saints sculptés en granit.

— C'est de la culture.

— C'est du tourisme.

— Ça revient au même.

— J'ai vu quelque chose de nouveau l'autre jour.

— Quoi ?

— Un gros nid de frelons asiatiques dans un arbre.

— Pas si nouveau que ça. Ils sont chez nous depuis 2004. Mais, c'est vrai, ils profitent et ils prolifèrent. Et ils bouffent les abeilles.

— Paraît qu'ils ont des colonies avec cinq cents reines.

— *Gaast !* Vive la République !

Composition et mise en pages
Nord Compo à Villeneuve-d'Ascq

Imprimé en Espagne par
Liberdúplex
à Sant Llorenç d'Hortons (Barcelone)
en avril 2022

POCKET – 92, avenue de France – 75013 Paris

S32725/01